Rüdiger Schneider

Liebesbriefe eines Verrückten

Personen und Handlung sind frei erfunden, Ähnlichkeiten oder gar Übereinstimmungen mit Namen rein zufällig.

Rüdiger Schneider

Liebesbriefe eines Verrückten

Erzählung

Bibliografische Information der Deutschen Nationalbibliothek: Die Deutsche Nationalbibliothek verzeichnet diese Publikation in der Deutschen Nationalbibliografie; detaillierte bibliografische Daten sind im Internet über http://dnb.d-nb.de abrufbar.

© Rüdiger Schneider 2023
Coverfoto: www.shutterstock.com - 1807772824

Herstellung und Verlag: BoD – Books on Demand, Norderstedt

ISBN: 9783734717789

1

Ich bin Schriftsteller. Jedenfalls nenne ich mich so, um nach einem abgebrochenen Jurastudium und zwanzig Jahren Nichtstun eine Berufsbezeichnung zu haben. Ich beobachte Menschen, bemerkenswerte Ereignisse, schreibe es auf. Meine Manuskripte sind indes allesamt unvollendet in der Schublade gelandet. Vielleicht gelingt mit diesem hier endlich mal ein bescheidener Wurf. Was mich als Schriftsteller, den sinnlichen Genuss betreffend, auszeichnet, da bin ich allerdings authentisch: Ich saufe, rauche, hure und hasse gesundes Essen. Mein Verhängnis ist womöglich ein Erbe gewesen, das ich mit 28 Jahren bekam und das mich früh auf die Bahn eines Mannes brachte, der tun und lassen kann, was er will. 3,8 Millionen DM hatte mir Tante Lisbeth, eine Schwester meines Vaters, vererbt. Sie wohnte nur ein paar Straßenzüge entfernt vom Haus der Eltern in Recklinghausen und lag in ständigem Streit mit ihnen. Nicht aber mit mir. Ich besuchte sie oft, schob sie mit ihrem Rollstuhl, sie hatte Gicht und heftiges Rheuma, in ein Café oder in ihre

Lieblingsbar, wo sie sich dem Gin hingab. Dass sie mich als Alleinerben einsetzte, war nicht nur Sympathie für mich, sondern zugleich auch ein Streich gegen meine Eltern, eine Art Rache.

Das Geld ist im Laufe der Jahre nicht weniger geworden. Ich verstand es, geschickt mit Aktien zu spekulieren und so mein Vermögen zu erhalten. In der Liebe hatte ich allerdings weniger Glück. Die Frauen, die ich kennenlernte, waren entweder langweilig, fordernd oder amazonenhaft. Als Amazonen versuchten sie, einen Mann kleinzuhalten oder sogar, wenn er so gutmütig war wie ich, zu vernichten, versuchten, aus ihm eine Null zu machen. Deshalb gondelte ich lieber durch die Welt, lebte zwei Jahre in Rio de Janeiro und in anderen Städten der Welt, landete dann hier in Kolumbien, in Cartagena, das man, um es von der spanischen Stadt zu unterscheiden, mit dem Zusatz Cartagena de Indias versieht. Cartagena wird auch nicht ohne Grund ‚Perle der Karibik' genannt. Hier wohne ich nun seit einem Jahr, habe, da sind die Kolumbianer großzügig, auf Grund meines Vermögens ein Visum für drei Jahre. Sicher, ich hatte dem Beamten, der es befürworten und ausstellen sollte, einen Umschlag zugeschoben mit den Worten:

„Das ist für die anfallenden Gebühren."

In Cartagena bewohne ich eins der bunten Häuser in einem engen Altstadtgässchen. Vom Balkon fallen blaue Blumengirlanden. Im Innenhof, im Patio, ist es still und lauschig. Ein Brunnen plätschert. Ich sitze gerne neben einem Hibiskusstrauch, an dem ab und zu ein Kolibri schwirrt. Er kommt durch das offene Fenster straßenwärts, steht wie ein Hubschrauber vor einer roten Blüte und steckt seinen spitzen Schnabel in die gelben Pollen.

Cartagena am Karibischen Meer ist gewiss eine der schönsten, lebhaftesten und buntesten Städte Südamerikas. Aus allen Fenstern, aus den Cafés und den Bars klingt vom frühen Abend bis in die Nacht Afro-Kubanische Musik, die sie hier ‚música joropo' nennen, beschwingte Musik. Da die Bars stets überfüllt sind, tanzen die Paare den Salsa auch vor der Bar auf der Straße.

Die Häuser im Centro Historico, in der Altstadt, die von einem Festungswall umgeben ist, stammen noch aus der spanischen Kolonialzeit. Außerhalb der

Festungsmauer, die zum Schutz gegen Piraten hochgezogen wurde, liegt das moderne, weniger spannende Cartagena mit seiner Skyline.

Was die Frauen betrifft: Die Latinas sind schön und feminin. Besonders in Kolumbien. Ab und zu hole ich mir ein hübsches Nachtvögelchen von der nahen Strandpromenade ins Haus und pflege bis zum Morgen eine Kurzzeitbeziehung. Ich bin dabei weder glücklich noch unglücklich.

2

Was mir an Cartagena besonders gefällt, ist das Nostalgische im digitalen Zeitalter. Die Frauen in ihren bunten Röcken oder langen Kleidern balancieren Obstkörbe auf den Rastalocken, ein Mann zieht einen Esel vorbei, eine Kutsche rauscht über das Kopfsteinpflaster. Und meinem Lieblingscafé gegenüber sitzt ein Mann an einem Pult. Darauf steht eine alte Schreibmaschine. Er nimmt Aufträge entgegen, für amtliche Schreiben, für Liebes- oder Abschiedsbriefe, verschließt sie in einem Kuvert, versieht sie mit einer

Briefmarke, bringt sie auf Wunsch persönlich zur Post. Am liebsten aber ist mir der alte Kolumbianer, der auf seinem Lastenfahrrad am Café vorbeikommt. Vorne hat es zwei Räder und eine Holzkiste mit Büchern, die Touristen in den Hotels zurückgelassen haben. Man schenkt sie ihm und er fährt damit durch die Stadt, verkauft sie. An der Seite der Holzkiste steht ‚Carreta Literaria', was man übersetzen könnte mit ‚mobile literarische Bibliothek'. Er kennt mich. Ich bin sein bester Kunde. Deshalb kommt er immer an dem Café vorbei. Im Laufe der Zeit ist es mir gelungen, in meinem Haus eine Bibliothek der Weltliteratur zu versammeln. Englische, deutsche, spanische, portugiesische Bücher. In der Kiste befindet sich immer ein Sammelsurium internationaler Literatur. Natürlich auch Schund, Banales, 0815-Romane. Ab und zu fische ich auch einen Gedichtband heraus. Das Lesen im Patio gehört zu meinen Lieblingsbeschäftigungen.

Eine weitere Lieblingsbeschäftigung ist das Schachspielen. Vor der Kathedrale ‚San Pedro Claver' befindet sich eine Skulptur aus Blech oder Eisen. Zwei Männer sitzen an einem Tisch, geben sich diesem Spiel hin. Es ist ein seltsamer Anblick, ausgerechnet vor dem Portal einer Kathedrale ein Symbol der Vernunft zu sehen. Hinter der Kathedrale, außerhalb der Festungsmauer, ist eine weite Plaza mit zahlreichen Cafés, vor denen die Rentner sitzen und Schach spielen. Ab und zu geselle ich mich zu ihnen, spiele mit, gewinne, verliere. Meine Eröffnung, den ‚Classico Italiano' kennen sie mittlerweile, stellen sich darauf ein.

Neben dem Deutschen spreche ich auch Englisch, Spanisch und Portugiesisch. Der Klang der zweisprachigen südamerikanischen Welt hat mich immer mehr interessiert als das langweilige Jurastudium, so als hätte ich schon früh vor meinem Erbe geahnt, dass ich dort einmal landen würde.

Ich las also mehr, als dass ich selber schrieb. Manche Manuskripte zerriss ich, warf sie weg. Andere landeten in der Schublade und warteten auf eine Weiterverarbeitung, die aber nie geschehen würde. Ich bin jetzt 48 Jahre, habe den Zenit, falls ich nicht 96 werden sollte, was indes bei meiner Lebensweise ziemlich unwahrscheinlich ist, überschritten. Manchmal erschrecke ich über die Vergänglichkeit, über das Rätsel des Lebens zwischen Geburt und Tod, auf den wir zwangsläufig zulaufen. Ist das Leben wegen seiner Vergänglichkeit nicht eine Reise auf den Tod zu? Was danach kommt, weiß ich nicht. Kommt überhaupt etwas oder heißt es nicht eher ‚Sein und Gewesensein'? In solchen Momenten erfasst mich eine tiefe Melancholie. Ich schaue besonders tief ins Glas und versuche das Erschrecken über das Rätsel zu vergessen. Ich bewundere die Menschen, die einfach so zufrieden oder sogar glücklich dahinleben können und vom Alltag ausgefüllt sind. Mir ist das nicht vergönnt und noch keine Frau konnte da bisher Abhilfe schaffen.

3

Nun begab es sich – ich benutze diese biblische Formulierung, weil das nun folgende Ereignis für mich außergewöhnlich war, jedenfalls hatte ich so etwas noch nie gesehen, erlebt. Nun begab es sich, dass ich eines nachmittags am Strand entlang ging, etwas nördlich der Boote kam, da, wo die Fischer ihre einfachen Holzhütten haben, um Netze und Werkzeuge aufzubewahren. Vor einer dieser Hütten standen ein kleiner Tisch, ein Stuhl, auf dem Tisch eine alte Schreibmaschine mit einem eingerollten weißen Blatt und einem Blaupapier für den Durchschlag. Daneben ein aufgeschlagenes Buch. Auf dem Stuhl saß ein Mann von schätzungsweise 60 Jahren. Es konnten auch ein paar mehr oder weniger sein. Das war nicht zu bestimmen. Ich war neugierig, trat hinzu, fragte: „Está escribiendo una novela?" – Sie schreiben einen Roman? An meinem Akzent musste er erkannt haben, dass ich kein nativer Spanischsprecher war. Er fragte mich nach meiner Nationalität. „De Alemania", antwortete ich. Da sagte er: „Na schön. Ich auch. Da können wir ja Deutsch sprechen. Mein Spanisch ist noch nicht so perfekt. Aber es reicht, um zu schreiben. Manches muss ich noch in einem Wörterbuch nachschlagen. Roman? Nein. Ich schreibe jeden Tag einen Liebesbrief. Das heißt, ich zitiere neben kleinen eigenen Kommentaren Gedichtzeilen aus Büchern. Im Moment ist es Pablo Neruda. ‚Zwanzig Liebesgedichte und ein Lied der Verzweiflung'. Wobei ich hoffe, dass mir das ‚Lied der Verzweiflung' erspart bleibt. Wenn ich hundert Briefe abgeschickt habe, werde ich sie vielleicht treffen. Aber das weiß ich noch nicht."

„Sie haben die Dame noch nicht getroffen?" fragte ich erstaunt.

„Nein, nur gesehen."

„Aber Sie kennen sie, haben ihre Adresse?"

„Kennen ist übertrieben. Aber die Adresse habe ich."

Ich muss etwas ratlos ausgesehen haben. Er begann, mir die Umstände zu erklären.

„Sie haben vielleicht den Auftragsschreiber gegenüber dem Café ‚Gato Negro' schon einmal gesehen?"

„Ja. Täglich."

„Nun, manchmal warten zwei oder drei Personen, bis sie an der Reihe sind. Er hat viel zu tun. So wartete einmal auch ich hinter einer sehr schönen, attraktiven Dame, die in einem amtlichen Schreiben, das sie ihm diktierte, ihrer Empörung Luft machte. „Sie wollen von einer armen Witwe auf einmal so hohe Steuern. Schämen Sie sich für diese Ausbeutung!'"

Der Schreiber tippte auf die Tasten, fragte, als das Diktat zu Ende war, nach der Adresse des Amtes und nach ihrer, beschriftete das Kuvert. Ich hatte ihm dabei zugesehen, diskret genug, konnte die Adresse der Dame lesen und mir merken. Glauben Sie mir, eine Frau von etwa 50 Jahren und von einer mich verwirrenden Schönheit. Wie die Königin von Saba. Das eng anliegende, lange Kleid schmiegte sich um eine herausfordernd erotische Figur. Das Gesicht war zart und stolz zugleich, mit indianerhaften Zügen, die Lippen sinnlich. Die schwarzen Haare hatte sie zu einem Zopf geflochten, der ihr bis zur Taille ging. Ich merkte, dass ich dabei war, mich in sie zu verlieben. Ja, so schnell kann das gehen. Ich bekam sie nicht mehr aus meinen Gedanken, bemerkte dafür aber ein beschwingtes Gefühl, das ich mir unbedingt erhalten wollte. Verliebtsein ist etwas Einzigartiges. Das Leben wird schön und leicht. Das wollte ich mir nicht durch eine frühzeitige Abfuhr oder Enttäuschung verderben. So kam ich auf die Idee, ihr täglich ein paar Liebeszeilen zu schicken. An einem Stand auf dem Markt fand ich diese alte Schreibmaschine, mietete von einem der Fischer für einen akzeptablen Preis diese

Hütte, ja, und jetzt sitze ich hier am Meer und schicke ihr täglich ein paar Zeilen."

4

„Hmm", meinte ich. „Was ist, wenn sie sich durch die täglichen Briefe belästigt fühlt?"

„Das tut sie nicht. Sie fühlt sich nicht belästigt. Im ersten Brief habe ich ihr dazu geschrieben, sie solle ihren Postkasten mit einem roten Punkt markieren, wenn sie die Briefe nicht will. Sonst, wenn sie weiter lesen wolle, einen grünen. Der sollte dort solange bleiben, wie ich schreiben darf."

„Und?" fragte ich.

„Täglich gehe ich an ihrem Haus vorbei, werfe einen unauffälligen Blick auf den Briefkasten. Dort ist immer noch der grüne Punkt."

„Nun ja, sie wird sich nicht nur geschmeichelt fühlen", meinte ich. „Sie ist gewiss auch neugierig, wer auf so eine verrückte Idee kommt. Wie wollen Sie nach dem hundertsten Brief das Treffen arrangieren? Falls sie es überhaupt will."

„Sie kennen den Mann mit der mobilen Bibliothek? Das Fahrrad ‚Carreta literaria'?"

„Ja, kenne ich sehr gut. Ich bin sein bester Kunde."

„Nun, dem soll sie einen Brief geben mit ihrem Vorschlag für ein Treffen. Adressiert nur an Jan L. Diesen Brief, falls sie ihn jemals schreibt, hole ich mir ab und antworte darauf."

„Seltsame Geschichte", murmelte ich. „Der wievielte Brief ist das jetzt, den Sie da schreiben?"

„Der zwanzigste. Dieses Mal mit Gedichtzeilen von Pablo Neruda."

„Sie können mir vorlesen, was Sie ausgesucht haben?"

„Selbstverständlich. Ein Gedicht kann gar nicht in genügend Augen und Ohren kommen. Ich habe es noch nicht zu Papier gebracht, lese es Ihnen aus dem Buch vor. Sie können ja wahrscheinlich genug Spanisch, um es zu verstehen."

Er nahm das Buch, das schon auf der entsprechenden Seite aufgeschlagen war, und begann vorzulesen.

„Cuerpo de mujer, blancas colinas, muslos blancos, te pareces al mundo en tu actitud de entrega. Mi cuerpo de labriego salvaje te socava y hace saltar el hijo del fondo de la tierra."

„Leib eines Weibes, weiße Hügel, weißblanke Schenkel, du gleichst der Welt, so weit und willig, wie du dich hingibst. Mein wilder Bauernkörper durchgräbt dich, unterhöhlt dich und läßt das Kind entspringen aus der Tiefe der Erde."

„Na ja", dachte ich. „Sie wird neugierig auf diesen Clown sein. Aber im Prinzip keine schlechte Methode, um ein Weib anzuheizen."

„Wie heißt die Dame eigentlich, die sie so wie Dante seine Beatrice verehren?"

„Flo-res-cita", antwortete er gedehnt und andächtig.

5

„Und das Lied der Verzweiflung? Was sagt es?" Ich dachte an ein Scheitern seiner eigenwilligen Idee.

„Das habe ich mir noch nicht angesehen. Aber bitte, wenn Sie wollen! Sie nehmen mir damit jedoch etwas von meiner beschwingten Stimmung. Nun gut, ein paar Zeilen, nicht das ganze Lied."

Er blätterte, stieß am Ende des Buches auf das Lied, sein Gesicht verzog sich missmutig. Er las dennoch vor.

„Sobre mi corazón llueven frías corolas. turbia embriaguez de amor, todo en ti fue naufragio!"

„Auf mein Herz regnen kalte Blüten. Dunkler Rausch der Liebe, alles in dir war Schiffbruch!"

„Genug!" sagte er verärgert und klappte das Buch zu. „Das wird nicht passieren. Der Zweifel ist der Bruder des Teufels. Sie wird kommen. Allerdings, was dann? Ist es nicht so, dass dann der Alltag einkehrt und mit ihm die Monotonie? Der Zustand jetzt ist eigentlich am schönsten. Ist es nicht so wie Weihnachten? Sie freuen sich auf eine knusprige Gans, haben Vorfreude und nach dem Essen sind Sie satt. Wenn es eine Beziehung gibt, kommt dann nicht automatisch die Monotonie?"

„Mich dürfen Sie das nicht fragen", sagte ich. „Ich halte mich für bindungsunfähig."

„Ja", meinte er, „die Liebe ohne die Gegenwart des Objektes ist am schönsten. Und nachts ist es eine süße Sehnsucht, die einen rasch einschlafen lässt. Oder?"

„Ich weiß nicht. Mich treibt es immer zu Handlung und Erfüllung. Und nachdem wir uns hier unterhalten haben, werde ich heute Abend gewiss wieder zur Strandpromenade gehen."

„Ach ja. Verstehe. Aber das ist doch eigentlich langweilig und teuer. Da fehlt das Herz."

Er stand auf. „Ich hole aus der Hütte noch einen zweiten Stuhl. Dann können wir uns weiter unterhalten. Ich bin ja froh, endlich mal wieder Deutsch sprechen zu können. Wir haben uns noch gar nicht vorgestellt. Ich bin Jan Lamberti, 62 Jahre. Das Erlebnis jetzt ist wahrscheinlich der letzte Schwung, der mir noch zuteil wird. Seit fünf Jahren bin ich in Rente und deutschlandflüchtig. Ich habe das Pensionado-Visum, kann für drei Jahre bleiben. Das bekommt man ab einer Rente von 750 Euro. Die Kolumbianer sind da großzügig."

„Johannes Baerbaum", stellte ich mich vor. „Genannt Jo, 48 Jahre, Globetrotter seit 18 Jahren. Ebenfalls deutschlandflüchtig."

„Und wovon lebst du?" wollte er wissen. „Du bist doch noch viel zu jung für die Rente."

Ich erzählte ihm von der Erbschaft, nannte aber nicht den Betrag, sagte: „Für ein Leben hier reicht es. Bei meiner Sauferei und dem Qualmen werde ich sowieso nicht alt."

Er fand diese Aussage nicht gut, schüttelte den Kopf, meinte, man solle für jedes Jahr dankbar sein. „Der liebe Gott hat einem das Leben geschenkt."

„Und er nimmt es einem auch wieder."

Darauf antwortete er nichts, forderte mich auf, in die Hütte zu kommen. „Ich zeige dir meine kleine Bibliothek der Gedichte."

6

In der Hütte hing an der Rückwand in Kopfhöhe ein Regal mit etwa dreißig Büchern. Ich ging an den Buchrücken vorbei, las. Da waren mit Liebesgedichten der Kubaner Jamila Medina Rios, Rafael Cadenas aus Venezuela, Wingston Gonzales aus Guatemala, Jiminéz aus Peru, Mayra Santos-Febres aus Puerto Rico, Carlos Soto Román aus Chile, Caro Garcia aus Argentinien und noch einige andere aus Spanisch sprechenden

Ländern. Und mitten drin auch ein dicker Band deutscher Lyrik. ‚Triffst du nur das Zauberwort – Die schönsten deutschen Gedichte'.

„Wo hast du den denn her?" fragte ich ihn.

„Von der ‚Carreta Literaria'. Die spanischen sind aus der Buchhandlung hier."

„Ungewöhnlich", meinte ich, „dass ein deutscher Tourist mit einem Gedichtband nach Kolumbien kommt und ihn dann im Hotel oder sonstwo zurücklässt."

Er griff nun nach dem Buch, zog es heraus, blätterte.

„Daher kommt übrigens das erste Gedicht, das ich für sie übersetzt und es ihr geschickt habe. Das war der zweite Brief an sie. Im ersten hatte ich ihr nur meine Liebe gestanden und sie um einen roten oder grünen Punkt gebeten."

Er las nun vor, sagte: „Christian Morgenstern.

‚Es ist Nacht, und mein Herz kommt zu dir, hält's nicht aus, hält's nicht aus mehr bei mir. Legt sich dir auf die Brust, wie ein Stein, sinkt hinein, zu dem deinen hinein. Dort erst, dort erst kommt es zur Ruh, liegt am Grund seines ewigen Du.'"

Er schlug den Band zu, stellte ihn wieder in die Buchreihe zurück.

Ich überlegte. Wie wird die Dame sich gefühlt haben, wenn überraschend solche Briefe in ihr Haus flattern mit einem ziemlich wuchtigen, stürmischen Liebesgeständnis? War sie eine Romantikerin, wäre sie vielleicht gerührt, neugierig auf einen, der so verrückt war. War sie keine, sondern das, was man eine Realistin nannte, mit beiden Beinen auf dem Boden stehend, würde sie den Kopf schütteln und den Brief mit dem Gedicht wegwerfen. Sie hatte aber einen grünen Punkt an ihren Briefkasten geklebt. Was noch lange nichts heißt. Vielleicht war sie einfach nur amüsiert und fühlte sich vielleicht auch etwas geschmeichelt und wollte warten, was da noch kam.

Ich sah mich in der Hütte um. Viel war da nicht. Ein weiterer kleiner Tisch mit einem Campingkocher, einer Tüte mit Kaffee, einem Kanister mit Wasser, einem Topf, zwei Tassen, einem Teelöffel. Und mitten im Raum stand eine Liege mit einer Decke. Das wars. Äußerst spartanisch eingerichtet. An der Tür, so überlegte ich, könnte er noch ein Schild anbringen: ‚Literarisch-spartanische Liebeshütte'.

7

„Komm Morgen bitte wieder! Um die gleiche Zeit. Ich freue mich über Gesellschaft", sagte er zum Abschied.

„Sehr gerne!" antwortete ich, warf einen Blick auf das in die Maschine gespannte Blatt mit dem Blaupapier. „Du hast die bisher abgeschickten Briefe noch als Durchschlag?"

„Aber ja. Ich muss wissen, was ich ihr geschickt habe. Zweimal dasselbe wäre ein fataler Fehler. Was würde sie von mir denken? Er ist senil, vergisst schon viel. Vielleicht meint sie auch, sie sei nicht die Einzige, der ich solche Liebesbekundungen schicke. Nein, nein! Außerdem erfreue ich mich auch selbst, wenn ich die Gedichtzeilen noch einmal lese. Es erwärmt mir das Herz und macht mich fröhlich. Weißt du, ich neige ab und zu zur Melancholie. Die Liebe aber hebt mich darüber hinweg."

Ich musste über seinen kindlichen Glauben, seine romantische Illusion, die auch eine gewisse Verwegenheit beinhaltete, lächeln. Würde ihn die verehrte Dame nicht für einen überspannten Spinner halten, unfähig einer Beziehung im realen Leben? Aber täglich einen Liebesbrief aus dem Kasten zu fischen, mochte für Kurzweil sorgen und dazu führen, aus lauter Neugier den Verfasser einmal unverbindlich kennenzulernen. Wer weiß?

Ein Interesse an diesem seltsamen Vorgang hatte ich auch. Mir kam die Idee, es noch einmal mit einem Manuskript zu versuchen. So etwas findet man nicht alle Tage. Einen Mann, der mit einer alten Schreibmaschine am Karibischen Meer sitzt und einer Frau, mit der er noch nie gesprochen hat, täglich einen Brief schickt.

Ich erzählte ihm, dass ich ab und zu auch schreiben würde. Nein, nein, keine Liebesbriefe. Aber Geschichten über merkwürdige Ereignisse, die mein Interesse geweckt hatten. Leider seien alle Manuskripte unvollendet geblieben. Vielleicht würde das dieses Mal anders sein, wenn ich über seine Geschichte schreiben dürfte.

„Darf ich die Durchschläge lesen, um einen Eindruck zu bekommen?" fragte ich ihn.

„Selbstverständlich. Ich habe nichts dagegen. Sicher hast du ein Smartphone.

Du darfst die Briefe auch fotografieren", erlaubte er großzügig.

So kam es, dass ich mich am nächsten Tag wieder um die gleiche Zeit bei ihm einfand. Er saß, wie ich es erwartet hatte, wieder an dem Tisch mit der alten Schreibmaschine, bearbeitete die Tasten, hatte einen aufgeschlagenen Gedichtband neben sich, verfasste den 21. Brief, den er noch am selben Tag zur Post bringen würde.

Er stand auf, als er mich kommen sah, begrüßte mich mit einem Lächeln, holte den zweiten Stuhl aus der Hütte und eine Mappe mit den gesammelten Durchschlägen. Ich setzte mich, zündete mir eine Zigarette an, begann mit dem ersten Brief, der noch kein Gedicht enthielt, sondern nur die Ankündigung und Erklärung seines Vorhabens. Er war in durchaus korrektem Spanisch geschrieben. Ich gebe direkt die deutsche Übersetzung wieder.

8

„Verehrte, geliebte Señora", begann er mit der Anrede. ‚Verzeihen Sie mir, wenn ich, den Sie noch gar nicht kennen, Ihnen so überraschend schreibe. Sie haben mich schon einmal gesehen, werden sich aber kaum daran erinnern. Es war vor ein paar Tagen, als Sie bei dem Schreiber gegenüber dem Café ‚Gato Negro' einen Brief in Auftrag gegeben haben. Ich stand hinter Ihnen und wartete. Ja, und dabei bewunderte ich Sie. Ihre Schönheit, die sanfte und zugleich energische Stimme, mit der Sie Ihrer Empörung Ausdruck verliehen haben. Ich bewunderte Ihr farbenfrohes Kleid, das Ihre wunderbare Figur betonte und, wie ich ehrlicherweise zugebe, auch erotische Gefühle in mir weckte. Ich will das nicht verbergen. Aber nein, es geht mir nicht nur darum. Ich habe mich in Sie verliebt. Liebe braucht zur Entstehung keine lange Zeit. Ich habe bisher noch nie eine so explicit feminine Frau gesehen und konnte Sie nicht mehr vergessen. Als der Schreiber dann das Kuvert beschriftete, habe ich, verzeihen Sie mir, den Absender, Ihre Adresse gelesen und beschloss, Ihnen täglich einen Brief mit Zeilen aus einem Liebesgedicht zu schicken. Ich mache das auch aus Eigennutz. Diese Liebe, dieses Gefühl des Verliebtseins gibt meinem Leben etwas Beschwingtes, lässt mich durch den Alltag schweben. Die Liebe scheint mir das einzige Gefühl zu sein, dass uns die Vergänglichkeit vergessen lässt. Ja, man nähert sich sogar der Unsterblichkeit. Zu meiner, Ihnen noch unbekannten Person: Ich bin 62 Jahre alt, bin aus Deutschland ausgewandert und lebe seit drei Jahren in Cartagena. Ich würde Ihnen gerne hundert Briefe schreiben. An jedem Tag einen, und dann entscheiden Sie, ob wir uns persönlich treffen und kennenlernen können. Da ich mitbekommen habe, dass Sie Witwe sind, hoffe ich, dass Sie nicht schon anderwärts liiert und frei für eine neue Beziehung sind. Sollten Ihnen meine Briefe zu lästig sein, markieren Sie Ihren Postkasten mit einem roten Punkt. Dann würde ich Ihnen nicht weiter schreiben und keine Gedichte für Sie aussuchen. Wollen Sie aber meine Briefe empfangen, lassen Sie mich es bitte mit einem grünen Punkt wissen. Mit großer, herzlicher Verehrung und der Hoffnung auf einen grünen Punkt. Ihr Jan L."

„Erotische Gefühle?", fragte ich. „Ist das für einen Anfang nicht etwas gewagt? Fällst du da nicht mit der Tür ins Haus?"

„Ach was! Klar, in Deutschland oder den USA hätte ich eine me-too-Debatte am

Hals. Aber hier nicht. Die Frauen sind lebenslustiger, unkomplizierter. Statt beleidigt zu sein freuen sie sich über so ein Geständnis."

„Jetzt gehst du also zuerst, denke ich, an ihrem Haus vorbei, siehst nach, ob der grüne Punkt noch da ist, und danach zur Post, um den Brief abzugeben? Ist das dein täglicher Weg? Hast du keine Sorge, dass sie bemerkt, wer da vorbeigeht?"

„Nein. Sie wohnt in einer der Gassen, wo es Stände mit Streetfood gibt. Dort stehen immer viele Menschen oder laufen an den Garküchen vorbei. Den grünen Punkt sehe ich schon von Weitem. Er ist so groß wie eine Zwei-Euro-Münze. Sie wird mich nicht bemerken."

9

„Geliebte Señora!" begann der zweite Brief, dem er die ersten Gedichtzeilen beigefügt hatte. „Beim Bedienen der Tasten schaue ich ab und zu in die Weite hinaus und habe Ihr Bild vor Augen. Und auch den sich wiegenden Gang ihrer Hüften, als Sie sich vom Schreibpult entfernt und ich Ihnen hinterhergesehen habe. Es sah aus, als wollten Sie tanzen. Ihr langes Kleid wiegte sich um zarte Fußfesseln wie ein schwebender Schmetterling. Ja, das ist Femininität. Verlockend, verführerisch, einladend. Wissen Sie, ich komme aus einem Land, wo man so etwas nur noch selten sieht. Die Frauen tragen zumeist Hosen und gehen stechenden Schrittes. Wie wohltuend ist es da, Sie gesehen zu haben. Aber bevor ich selbst zum Dichter werde, schreibe ich zunächst ein paar Zeilen von Cervantes, dem Verfasser des ‚Don Quichote'. Als einen solchen törichten Ritter mögen Sie mich vielleicht auch empfinden, was ich Ihnen nicht verübeln könnte. Cervantes sagt: ‚El amor es invisible y entra y sale por donde quiere, sin que nadie le pida cuenta de sus hechos.' - Die Liebe ist unsichtbar und kommt und geht wohin sie will, ohne dass sie jemandem Rechenschaft über ihre Taten ablegt. –

Und so lege ich auch keine Rechenschaft über meine Briefe ab und schreibe, wonach mir bei dem Gedanken an Sie zumute ist. Auch kommen mir Zeilen von Juan Pablo Valdés in den Sinn:

‚El mayor obstáculo para el amor es el temor secreto de no ser dignos de ser amados.' - Das größte Hindernis für die Liebe ist die heimliche Furcht es nicht wert zu sein geliebt zu werden. –

Ich versuche, diese Furcht, die mich ab und zu befällt, abzustreifen. Verzeihen Sie einen verwegenen Vergleich. Ich will mit vollen Segeln zu Ihnen stürmen. Ohne Bedenken und ohne die Furcht, abgewiesen zu werden. Mit dem grünen Punkt haben Sie mir signalisiert, dass Sie zumindest neugierig sind. Und wegen des grünen Punktes darf ich auch glauben, dass Sie zur Zeit alleine leben. Ein gegenwärtiger Liebhaber an Ihrer Seite würde meine Briefe leicht entdecken und lesen können und Sie hätten große Unannehmlichkeiten und müssten sich rechtfertigen für Briefe, die Sie sich nicht gewünscht, sondern nur durch Ihre Erscheinung hervorgerufen haben. Ich schließe diesen Brief mit einem Gedicht von Friedrich Schiller.

‚Jetzt in diesem Augenblick ohne Gedanken an Zukunft wird die Sekunde kürzer als ein Flügelschlag. Während Sterne vom Himmel fallen und du mich küsst, löst sie sich auf und kommt als Welle auf den Meeren als Minute zurück.'

Sie sehen, Señora, wie sich beim Gedanken an Sie auch mein Zeitempfinden verändert. Aus eher langweilig verbrachten Sekunden werden genussvolle Minuten, Stunden, ja Ewigkeiten.

Ihr Jan L."

10

Schiller war wohl eher der verstandesmäßige Dichter, der sich wie Einstein mit dem Phänomen der Zeit befasste, die mal langsam zu verstreichen schien und dann wieder schneller, was offensichtlich vom Empfinden und von der Situation abhängig war. Und die Liebe? Verkürzte sie die Zeit, dehnte sie die Sekunden, Minuten, Stunden oder man vergaß sie sogar? Ich wusste es nicht. Theoretisch hatte ich mich noch nie damit beschäftigt, sah jetzt aber, wie dieses Verliebtsein aus Jan Lamberti einen glücklichen Mann zu machen schien, der selbstvergessen an seiner Schreibmaschine saß und ab und zu mit einem Lächeln auf das Meer blickte, als würde von dort die angebetete Señora in seine Arme rauschen.

„Was für ein schöner Trick!" dachte ich. „Um eine Enttäuschung zu vermeiden, hält man sich die Dame vom Leibe, verehrt sie aus der Ferne und genießt den beschwingten Tanz der Hormone."

Mich selbst hatte es noch nie so richtig erwischt und ich beneidete diesen Jan um sein Kunststück. Verglichen mit ihm fand ich meine Existenz eher fade, woran auch das quirlige Leben in Cartagena nicht viel änderte. Es wiederholte sich eben alles. Die Abende in irgendeiner Salsa-Bar, der Tanz mit irgendeiner Einheimischen, die Ausschau, wenn mir danach zumute war, nach einem Nachtvögelchen, das ich von der Strandpromenade mit zu mir nach Hause nahm. Bei dieser Auswahl zeigte ich allerdings eine gewisse Konstanz, beschränkte es auf zwei Damen. Auf Mariana, die Mulattin, die allerdings endlos quasselte, eine verrückte Nudel war und einen mit ihrer massiven Körperlichkeit schier erdrücken konnte. Und dann war da die stillere, sanftere Gabriela, eine wunderschöne, schlanke, hochgewachsene Kolumbianerin von 32 Jahren, die einmal länger als nur bis zum Frühstück bei mir geblieben war und gegen Mittag für mich gekocht hatte. Das aber war schlimm ausgegangen. Als ich sie am Abend auf der Promenade traf, hatte sie ein blau unterlaufenes Auge.

„Was ist passiert?" hatte ich sie gefragt.

„Carlos, mein Zuhälter. Er ist brutal. Ich kann nicht mehr bis mittags bleiben."

„Kannst du nicht einer anderen Arbeit nachgehen?"

Sie hatte den Kopf geschüttelt. „Welcher denn? Ich kann noch nicht einmal schreiben oder lesen. Und Carlos würde mich überall finden."

Da kam es mir zum ersten Mal in den Sinn, mit ihr abzuhauen. Ich mochte sie. Dass sie nicht lesen oder schreiben kann, stört mich nicht. Im Gegenteil. Da macht man sich als Mann endlich einmal nützlich, wird auch intellektuell gebraucht, kann helfen. Bei Gabriela konnte ich mir sogar vorstellen, dass aus Sympathie, aus einem stetigen Zusammensein so etwas wie Liebe entstehen kann. Man lernt sich mehr und mehr kennen, Vertrauen wächst. Ihrer Arbeit dürfte sie dann allerdings nicht mehr nachgehen und vor Carlos hätte man dauernd auf der Hut zu sein. In Kolumbien fliegen die Kugeln schneller als anderswo.

11

Jan hatte aufgehört zu schreiben, sah mir zu, wie ich den dritten Brief las. Er begann mit: „Geliebte Señora, die meinem Leben Licht verleiht." Es war ein kurzer Brief, der neben der Anrede nur ein paar geheimnisvolle Zeilen enthielt. Überschrieben waren sie mit ‚An die Geliebte'.

„Du kommst mir hoch vom Hang entgegen im Feierkleid, im weißen Kleid; sein wellenweiches Faltenlegen rauscht in die Aveeinsamkeit."

Ich legte die Stirn in Falten. Die Sprache der Lyrik konnte rätselhaft sein. In welcher Stimmung war man, wenn die Worte kristallisierten, so vom Üblichen abwichen?

„Ist von Rilke", sagte er. „Ich hoffe, sie hat verstanden, was ich damit meine."

„Was denn?" fragte ich und kam mir etwas phantasielos vor.

„Die Señora ist für mich wie eine Himmelserscheinung. ‚Hoch vom Hang'. Sie rauscht in mein Leben wie hier die Wellen an den Strand schlagen. Vorher war dieses Leben belanglos. Jetzt sitze ich hier in einer verehrenden, ja frommen Einsamkeit. Ich bin Gott dankbar für die

Einrichtung der Liebe, auch wenn sie zunächst einseitig scheint."

„Hmm!" gab ich als Kommentar von mir. „Sehr ungewöhnlich. Ist das nicht gefährlich, wenn man später aus solcher Höhe auf dem Boden aufschlägt? Die angebetete Señora amüsiert sich über die Briefe, und wenn der letzte gekommen ist, sagt sie ‚Nein! Kein Treffen. Mit so einem überspannten Kauz will ich nichts zu tun haben.' Frauen kommen nicht vom Himmel. Die sind sehr erdnah."

„Selbst wenn!" meinte er. „Dann hatte ich wenigstens für hundert Tage ein schönes Gefühl."

„Aber kommt dann nicht nach dieser hochgestimmten ‚Aveeinsamkeit' die richtige, die wehtut?"

„Mag sein. Aber ich bin ihr hundert Tage lang ausgewichen. Bist du mit deinen nächtlichen Visiten auf der Strandpromenade besser dran? Du suchst dir irgendeine Frau aus, nimmst sie mit, bezahlst sie, schickst sie am Morgen wieder weg. Ich will jetzt nicht moralisch werden. Aber mit Liebe hat das doch nichts zu tun."

„Es hilft, die Nacht zu überstehen", wandte ich ein. „An der Haut einer Frau träume ich besser."

„Und danach, beim Wachwerden", sagte er in einem etwas spöttischen Ton, „überlegst du ‚Wer ist das neben mir?' Wahrscheinlich hast du noch einen Kater von den vielen Roncitos, die du vorher in einer Bar getrunken hast, und denkst ‚Wie überstehe ich nur den Tag? Jetzt bin ich wieder alleine.'"

„Ganz so schlimm ist es nicht", schränkte ich ein. „Aber du hast natürlich recht. Mit Liebe hat es nichts zu tun. Unangenehm ist es allerdings auch nicht. Ich nehme ja nicht irgendeine Frau mit. Es muss schon ein bisschen Sympathie dabei sein."

„Sicher. Bei der Frau liegt die Sympathie auf Seiten der Pesos."

Ich dachte an Gabriela, widersprach. „Ich nehme für die Nacht immer die Beiden selben. Sie kommen gerne mit. Eine, sie heißt Gabriela, ist sogar bis mittags geblieben, hat für mich gekocht. Dass sie das Geld braucht, ist klar. Es ist ihr Beruf. Sie lebt davon."

„Träum weiter!" meinte dieser Verrückte, der hier am Meer saß und an ein Phantom Liebesbriefe schrieb. Und dann erdreistete er sich noch, mir einen Literaturtipp zu geben.

„Ich bring dir Morgen, falls du wiederkommen willst, ein Buch mit. Habe ich in der ‚Carreta Literaria' gefunden. Ist von einem Kolumbianer. Gabriel García Márquez. Musst du unbedingt lesen. ‚Memoria de mis putas tristes' – Erinnerung an meine traurigen Huren.

12

Am nächsten Tag fand ich mich zur selben Stunde wieder bei ihm ein. Er gab mir das Buch. ‚Erinnerungen an meine traurigen Huren'.

„Der handschriftliche Kommentar vorne auf der leeren Seite", sagte er, „ist nicht von mir. Das muss eine deutsche Touristin geschrieben haben."

Ich schlug die Seite auf. Da stand: „Blöder, alter, geiler Bock mit deinem Eselsgehänge! Ein schändliches Buch! Iris Rotkopf"

„Wahrscheinlich eine der humorlosen deutschen Amazonen", meinte ich. „Nun ja, so ein Kommentar macht den Roman von Márquez nur spannender. Manchmal hätte ich Lust, ein Manifest gegen diese Weiber zu verfassen. Auf Latein, im Ton der päpstlichen Enzyklika. ‚Contra amazones Germaniae'. Wenn sie mir dafür böse sind, ist mir das egal. Ich gehe ihnen sowieso aus dem Weg."

„Ich auch. Sonst würde ich hier nicht sitzen und Liebesbriefe schreiben."

„Was hast du eigentlich vorher gemacht?" fragte ich ihn. „Warum bist du ausgerechnet nach Kolumbien ausgewandert?"

„Vorher? Du meinst beruflich?"

„Ja."

„Ich war Lokomotivführer bei der Bundesbahn. Bis zu jenem unrühmlichen Moment, als ich mit den Nerven fertig war und den IC einfach hab' stehen lassen. Das war kurz hinter Koblenz. Ich habe die Lok verlassen, bin über die Felder gelaufen, bis ich in ein Dorf kam. Dort ging ich in eine Kneipe, habe mich ins Koma getrunken. Danach war natürlich beruflich Feierabend. Ich war damals 56. Jetzt bin ich 62. Sie waren so anständig, mich nach einer Nervenbehandlung, du verstehst, frühzeitig in die Rente zu entlassen."

„Halleluja!" sagte ich. „Das ist ja eine Geschichte. Da hast du aber noch Glück gehabt. Warum warst du denn mit den Nerven fertig?"

„Hektik, Verspätungen, Überstunden, weil Kollegen ausgefallen waren. Und dann war meine Ehe den Bach hinuntergegangen. Am Tag zuvor war ich unerwartet früh nach Hause gekommen, und da liegt die Frau mit meinem besten Freund im Bett. So etwas ist ein Schock."

„Ja, kann ich mir vorstellen. Und dann hast du gedacht, in Kolumbien ist es schöner?"

„So schnell nicht. Aber ich erinnerte mich irgendwann an eine Kolumbianerin, die im Zugbistro gearbeitet hat. Eine schöne, sympathische, humorvolle Frau. Eine Latina mit Temperament. Da dachte ich, wenn es in diesem Land mehrere davon gibt, dann fliegst du dorthin. Zumindest ist es warm und man hat nicht diese üblen Winter. So kam ich auf die Karibik, auf Cartagena. Und du? Was hat dich hierhin verschlagen? Auch so ein ähnliches Erlebnis?"

„Nein. Ich bin schon jahrelang in der Welt unterwegs. Zuletzt Brasilien, Rio de Janeiro. Aber dann ist die Policia Federal zickig geworden mit der Aufenthaltsgenehmigung. Was an der deutschen Diplomatie lag. Die Deutschen haben den Brasilianern ein Visum nur für drei Monate gegeben. Dann mussten sie raus und durften erst nach 180 Tagen wiederkommen. Da haben die Brasilianer sich revanchiert und das mit den Deutschen genauso gemacht. Aus die Maus! Ich hätte heiraten und bleiben können. Auch die Brasilianerinnen sind sehr schön, aber ich wollte mich nicht binden. So kam ich auf Kolumbien."

„Und nach Deutschland zurück? Kam dir nicht in den Sinn?"

„Kein Gedanke daran. Wie du schon gesagt hast: Der Winter ist übel. Außerdem vermehren sich dort die Amazonen. Eine Atmosphäre wie in einem Kühlschrank. Alles ist überreguliert und Vieles verboten. Sie schützen einen dort zu Tode."

13

Ich warf einen Blick auf das Blatt, das er eingespannt hatte.

„Oh, dieses Mal keine Señora, sondern mit Namen in der Anrede. ‚Geliebte Florescita!' Aber noch kein Gedicht zu Papier gebracht?"

Er reichte mir den Gedichtband. ‚Deutsche Lyrik'. Ich blätterte, schlug vor: „Nimm doch eins von Tucholsky! ‚Sehnsucht nach der Sehnsucht'. Da gibt es eine schöne Strophe."

Ich las laut für ihn. „Denn mit der Seelenfreundschaft - liebste Frau, hier dies Gedicht zeigt mir und Ihnen treffend und genau: es geht ja nicht. Wir brauchen alle etwas, das das Blut rasch vorwärtstreibt - es dichtet sich doch noch einmal so gut, wenn man beweibt."

Er schüttelte energisch den Kopf. „Nein, nein, das geht nicht! Das ist zu aufdringlich, zu direkt. Dann macht sie einen roten Punkt an ihren Briefkasten."

Ich blätterte weiter, überflog die Gedichte. Schließlich sagte ich: „Hier! Das ist doch was. Hilde Domin: ‚Sag mir: wo steht unser Mandelbaum? Ich liege in deinen Armen wie in einem Schiff, ohne Route noch Hafen, aber mit Delphinen am Bug.' Hört sich doch gut an. Oder?"

Er verzog das Gesicht, wiegte bedenklich den Kopf hin und her. „Weiß nicht. Ohne Route noch Hafen. Klingt orientierungslos. Florescita soll mein Hafen sein."

Ich blätterte weiter, hielt inne. „Hier, da ist was Schönes und Kurzes von Heine:

‚Du fragst mich, Kind, was Liebe ist? Ein Stern in einem Haufen Mist."

„Hmm", meinte er. „Zu kurz und ironisch."

„Ironisch? Finde ich nicht. Eher punktgenau."

Er nahm mir den Gedichtband aus der Hand. „Lass mal! Ich suche lieber selbst etwas. Du hast zu wenig Gespür, worum es geht."

Nach ein paar Minuten hielt er in der Mitte des Buches inne. „Ja, da hab' ich was. Nehmen wir doch noch einmal Schiller. Das ist wenigstens seriös und nicht so aufdringlich."

Er begann, mit einem Blick in den aufgeschlagenen Gedichtband, die Tasten zu bearbeiten. Ich stand auf, um mitlesen zu können. ‚Der Triumph der Liebe' hieß das Gedicht.

‚Selig durch die Liebe Götter – durch die Liebe Menschen Göttern gleich! Liebe macht den Himmel himmlischer – die Erde zu dem Himmelreich.'

„Was hältst du davon?" fragte er.

„Naja, abstrakt, zu schwärmerisch. Wenn deine Florescita ein richtiges Weib ist, will sie etwas anderes hören bzw. lesen. Außerdem ist meiner Meinung nach die Zeit zu lang. Hundert Tage! Bei soviel Warten trocknet sie doch wieder aus."

„Du bist vulgär, hast keine Ahnung von der Liebe", meinte er verärgert. „Kein Wunder, wenn man sich nur mit Huren herumtreibt! Lies erst einmal den Márquez!"

14

Statt als Berufsbezeichnung ‚Schriftsteller' anzugeben, könnte ich mich auch als ‚Philosoph' bezeichnen. Allerdings mit dem Zusatz: Ich weiß nichts. Bis auf eines. Lamberti kann so viele Briefe schreiben, wie er will. Er wird auf diese Weise die Dame niemals gewinnen. Das ist wie beim Paradoxon des Zenon, wo Achilles, obwohl er schneller ist, die Schildkröte niemals einholt. Zu Jan Lambertis Vorhaltung: „Du hast keine Ahnung von der Liebe!" hätte ich sagen können: „Und du nicht von Frauen und Briefen, die man an sie schreibt." Ich hätte ihm ein Zitat von Rousseau unter die Nase reiben können:

„Um einen guten Liebesbrief zu schreiben, musst du anfangen, ohne zu wissen, was du sagen willst, und endigen, ohne zu wissen, was du gesagt hast."

Aber ich hatte höflich geschwiegen, fand es ja irgendwie auch rührend, wie er sich abmühte.

Hätte ich, wenn die Dame wirklich so hinreißend war, in gleicher Weise gehandelt? Bestimmt nicht. Ich hätte sie sofort angesprochen, mich nicht hinter Briefen versteckt. Irgendetwas wäre mir schon eingefallen, wenn ich bei dem Schreibpult hinter ihr gestanden hätte.

„No te enfades con la Agencia Tributaria! Será mejor que te tomes un roncito conmigo!" - Ärgern Sie sich nicht über das Finanzamt! Trinken Sie lieber einen Roncito mit mir!

Da hätte ich gleich gewusst, ob es geht oder nicht, und mir hundert Tage Hoffnung und den täglichen Gang zu ihrem Haus und zur Post erspart.

Gleichwohl aber war ich Jan Lamberti dankbar für das Erlebnis einer scheuen Zurückhaltung und das Lesen der Gedichte. Es hatte mich nachdenklich gemacht. Das, was ich trieb, war nur eine sich wiederholende Betäubung. Eine Frau zu bezahlen war einfach. Das konnte jeder. Egal wie alt, wie schön oder hässlich man war. Sex war da nur der Trost, der einem blieb, wenn die Liebe fehlte. So ähnlich hatte ich es in dem Buch gelesen, das mir Lamberti mitgegeben hatte. ‚Erinnerung an meine traurigen Huren'.

Mit dem Roman hatte ich noch am Abend angefangen, war nicht zur Strandpromenade gegangen, hatte das Buch in einer Nacht durchgelesen. Ein Greis, der nur die käufliche Liebe gekannt hatte, bestellt sich zu seinem 90. Geburtstag bei der ihm vertrauten Puffmutter eine Jungfrau von nur 14 Jahren. Da das Mädchen große Angst hat, versetzt die Puffmutter es in einen Tiefschlaf. El Sabio, der Greis, betrachtet verzaubert die Unschuld und die Schönheit des Mädchens, rührt sie nicht an, bleibt bis zur Morgendämmerung neben ihr liegen in tatenloser Zärtlichkeit. Diese Szene wiederholt sich Nacht für Nacht. El Sabio verspürt bei ihrem Anblick Liebe, zum ersten Mal in seinem Leben. Er wandelt sich.

Nicht nur die Gedichte und Lambertis verrücktes Abenteuer hatten mich nachdenklich gemacht. Auch dieser Roman. Ich dachte an Gabriela, die mir einmal gesagt hatte: „Am liebsten würde ich mit dir fliehen. Aber es geht nicht. Carlos findet uns überall."

Ich mochte Gabriela, die Stille, Sanfte, Schöne, die unter Carlos litt, vielleicht auch von ihm abhängig oder ihm sogar verfallen war, und ich hatte es auch leid, ohne Frau an meiner Seite zu leben. Warum sollte nicht auch daraus Liebe entstehen können!? War es nicht einen Versuch wert?

15

Lamberti nichts nachtragend ging ich am nächsten Nachmittag wieder zu der Hütte am Strand. Er saß wie immer um diese Zeit vor seiner Schreibmaschine, hatte ein Blatt mit Durchschlag eingespannt, bearbeitete aber nicht die Tasten, hatte sich über ein aufgeschlagenes Buch gebeugt, strich sich ab und zu mit der Hand durch die Haare, schien über dem Text zu brüten. Ich ging zu ihm, begrüßte ihn, fragte: „Probleme?"

„Eigentlich nicht. Ich überlege nur, ob ich ihr dieses Gedicht schicken kann oder ob es zu gewagt ist. Du kannst es lesen. Es ist ein deutsches Gedicht. Ich müsste es ins Spanische übertragen, so dass das Gefühl rüberkommt. Ich überlege, ob sie sich dadurch vielleicht bedrängt fühlt oder es falsch versteht."

Er reichte mir das Buch: „Hier! ‚Flucht mit der Geliebten'. Nur die erste Strophe."

„Oh", sagte ich. „Ausgerechnet dieser Titel!"

„Ausgerechnet? Warum?"

„Erzähl ich dir später. Muss ich jetzt noch für mich behalten."

Ich wollte auf keinen Fall jemandem verraten, was ich vorhatte. Carlos war gefährlich.

Ich las die Strophe.

‚Oh, könnt ich doch mit dir entfliehn, zu fernen Küsten weiterziehn, wo niemand unsre Liebe stört und uns das Leben ganz gehört.'

Seltsam, dachte ich, ausgerechnet jetzt stößt du auf so ein Gedicht. Ein merkwürdiger Zufall. Gab es überhaupt Zufälle oder war das Schicksal, eine

Fügung, ein Zeichen des Universums oder wer weiß woher? Es gab Phänomene auf der Welt, die man nicht erklären konnte.

„Was soll sie schon falsch deuten!?" sagte ich. „Es ist eindeutig. Du liebst sie, aber entfliehen musst du nicht mit ihr. Sie wird Cartagena nicht verlassen wollen. Suche ein anderes Gedicht aus. Auf dich und Florescita trifft das nicht zu. Sie würde sich nur wundern. Warum entfliehen? Ihr werdet doch nicht gesucht, bedrängt, verfolgt oder von einem eifersüchtigen Freund bedroht."

„Ja, du hast recht", meinte er. „Sie würde sich wundern. Aber ich bin mir nicht sicher, ob sie nicht doch einen Freund, irgendeinen Liebhaber hat. Deshalb kam ich zu diesem Gedicht. Manchmal überfällt mich sowas wie Eifersucht. Florescita ist einfach zu schön, zu erotisch, um unbeachtet zu bleiben."

„Wenn sie deine Briefe bekommen will, wird sie kaum einen Freund haben. Also mach' dir da keine Gedanken drüber."

„Na gut. Hast du schon mit dem Buch angefangen?"

„Nicht nur angefangen. Ich habe es ganz gelesen. Eine schöne, etwas melancholische Geschichte. Ein Hurenbock entdeckt die Liebe. Ziemlich spät, aber immerhin."

„Du hättest mehr Zeit."

„Ich werde darüber nachdenken."

16

„Jan", sagte ich, „du hast mir sehr geholfen. Mit deiner seltsamen Tätigkeit hier, mit dem Buch. Eine alte Geschichte, ein sehr alter Mythos ist mir wieder ins Bewusstein gekommen. Die Liebe ist ein Dämon. Nein, nicht in einem negativen, beängstigenden Sinn. Ein Dämon in diesem Mythos, der vom Eros handelt, ist ein Himmelsbote, ein Vermittler zwischen Gott und den Menschen. Es ist eine griechische Geschichte aus dem ‚Gastmahl' Platons. Von daher hat auch Schiller recht. Du erinnerst dich an das Gedicht, das du gestern in deinem Brief Florescita geschickt hast?"

„Ja. Es war doch erst gestern. ‚Liebe macht den Himmel himmlischer – die Erde zu dem Himmelreich.' Wie könnte ich das vergessen haben!?"

„Natürlich nicht. Ich hatte es als abstrakt bezeichnet und zu schwärmerisch, weil ich es als einen zu hoch gegriffenen Hymnus empfunden habe, der an den irdischen Wünschen der Frauen vorbeigeht. Wahrscheinlich ist es auch so. Lass dir von mir einen Rat geben. Hör auf, ihr fremde Gedichtzeilen zu schicken. Ab und zu kannst du das machen. Ja, warum nicht? Aber schreibe lieber von dir, was du machst, wie du hier sitzt und an sie denkst. Schreibe von deinen Gefühlen, ohne allzuviel nachzudenken und Bedenken zu haben. Und schreibe ihr vor allem, wo du bist, damit sie dich kennenlernen kann. Du musst keine hundert Tage warten. Wenn sie weiß, wo sie dich finden kann, kommt sie vielleicht. Wenn nicht, weißt du wenigstens, dass aus deiner Liebe, bei der ich mir allerdings noch nicht sicher bin, ob sie nicht eine eigennützige, romantische und überspannte Schwärmerei ist, dass aus dieser Liebe nichts wird. Verzeih mir die deutlichen Worte! Aber ich bin sie dir schuldig."

Er verzog missbilligend das Gesicht. „Und wenn sie nicht kommt, was mache ich mit dem Rest der hundert Tage? Soll ich dann Trübsinn blasen, statt mich in dieser beschwingten Stimmung zu halten?"

„Nein. Geh lieber abends in eine der Salsa-Bars, setze dich an die Theke und lasse dich von einem Weib, das einen Blick auf dich geworfen hat, vom Hocker ziehen."

„Was hat das mit Liebe zu tun?"

„Das weißt du vorher nicht. Es könnte aber sein. Jetzt ist Mittwoch. In zwei Tagen haben sie im ‚Café Havana' Ladies-Night. Du musst gar nichts tun, sitzt nur da bei einem Roncito und wartest. Irgendwann wird eine der Damen kommen. Zurückweisen kannst du sie nicht. Das wäre eine Beleidigung."

Er schüttelte den Kopf. „Nein, das mache ich nicht. Das passt eher zu dir. Ich schreibe hier weiter Briefe. Aber über das, was du zum Inhalt gesagt hast, werde ich nachdenken. Den Platz hier werde ich jedoch nicht verraten."

„Wie du meinst", sagte ich. „Ich wende mich heute Abend lieber der Tat zu. Ich muss die Wärme des Weibes spüren. Vielleicht kann ich dann auch eins meiner Manuskripte vollenden."

„Du kannst einem richtig die Stimmung versauen", meinte er zum Abschied. „Du bist ein Zyniker."

17

Gegen Sieben, etwa eine Stunde nach Sonnenuntergang, ging ich zur Strandpromenade, wo in der Dunkelheit die ersten Mädchen auf Kunden warteten. So früh war ich noch nie dagewesen, weil Mariana oder Gabriela in der Regel erst gegen Acht erschienen. Aber dieses Mal musste ich unbedingt verhindern, dass Gabriela von einem anderen Freier – oder sagt man ‚Kunden'? – angesprochen wurde. Etwas nervös wanderte ich, begleitet vom verhaltenen Schlagen der Wellen, die Promenade auf und ab, zwischen Parque Paseo del Pescador und Parque Maria Mulata, in dem Abschnitt, wo sie sich aufzuhalten pflegte. Am Himmel war die Sichel des Mondes erschienen, gefolgt von einer hell strahlenden Venus, was ich mir als ein gutes Zeichen deutete. In dieser Hinsicht bin ich abergläubisch wie ein Indianer. Die Natur spricht zu uns.

Um Acht kam mir Gabriela entgegen. Sie trug einen eng anliegenden schwarzen Lederrock, ein stramm sitzendes rotes Top, das den Rand schöner, fester Brüste sehen ließ. Aber darauf achtete ich dieses Mal nicht.

„Hola Jo! Ya tienes a alguien?" begrüßte sie mich. Hallo Jo, hast du schon jemanden?

„Du bist frei? Noch keine Verabredung?"

„Nein, noch nicht. Und du?"

„Ja. Mit dir."

Sie lächelte. „Bonito!" – Schön!

„Gehen wir erst ins Café del Mar", schlug ich vor. „Trinken wir was. Brauch ich jetzt. Ich muss mit dir reden."

Sie war einverstanden. Im ‚del Mar' setzten wir uns auf der Terrasse an einen etwas abseits stehenden Tisch. Gabriela bestellte sich eine Kokoslimonade mit einer Zitronenscheibe am Glasrand, ich blieb bei meinem altbekannten ‚Roncito', Rum mit Cola und ein paar Eiswürfeln.

„Erinnerst du dich noch daran", begann ich, „wie du vor ein paar Wochen länger bei mir geblieben bist und mittags für mich gekocht hast?"

„Ja, sicher. Wie könnte ich das vergessen!? Carlos war danach sehr böse mit mir."

„Und als ich dich am nächsten Abend getroffen habe, hast du gesagt, du würdest lieber bei mir leben."

„Ja."

„Würdest du immer noch lieber mit mir zusammensein?"

„Ja. Aber es geht nicht. Carlos würde dich umbringen."

„Das schafft er nicht. Ich habe einen Plan."

18

Sie hörte mir aufmerksam zu, und ich erklärte:

„Ich war heute Morgen bei ‚Baru Motors', habe mir Autos angesehen, werde einen Jeep, Night Eagle, Turbo kaufen. An einem Abend werde ich dich wie immer treffen und dann hauen wir ab. Zunächst bis Medellín, dann nach Ecuador. Kannst du dir vorstellen, mit mir in Spanien zu leben? Wir würden von Quito nach Madrid fliegen. So weit reichen Carlos' Arme nicht."

Sie sah mich mit großen Augen an. „Das würdest du machen?"

„Ja. Und du?"

„Ich kann es nicht glauben."

„Es ist real und gut durchdacht. Hast du einen Reisepass? Das ist zunächst das Wichtigste bei dem Unternehmen."

„Ja. Carlos war vor zwei Jahren mit mir in Buenos Aires. Er hat den Pass in einer Schublade weggeschlossen. Aber ich habe ihn beobachtet, weiß, wo der Schlüssel ist."

„Gut. Gibt es einen Abend, an dem Carlos nicht zu Hause ist?"

„Ja. Freitags trifft er sich mit Freunden. Zum Pokern. Er kommt gegen Morgen zurück, legt sich erst einmal hin, um den Rausch auszuschlafen."

„Wunderbar. Für den kommenden Freitag ist es noch zu früh. Aber nächste Woche, da habe ich den Wagen. Wann geht Carlos aus dem Haus?"

„Gegen Sieben."

„Schön. Also vor dir. Du holst dir den Pass, gehst zur Strandpromenade, nimmst außer deiner Handtasche nichts mit. Es muss aussehen wie immer. Dein Handy lässt du zurück, damit er uns nicht orten kann. Was du brauchst, kaufen wir in Ecuador oder ich mache das hier schon vorher. Verrate mir nur deine Kleider- und Schuhgröße. Du kommst an dem Abend mit mir, wie immer. Aber dieses Mal steigen wir in den Jeep und fahren die Nacht durch bis Medellín. Wir ruhen uns in einem Hotel aus, dann geht es weiter nach Ecuador, nach San Gabriel. Das ist kurz hinter der Grenze. Dort sind wir in Sicherheit. Weiß Carlos, wo ich wohne?"

„Ja. Ich muss ihm immer erzählen, wo ich die Nacht über war."

„Auch gut. Er wird rasch merken, dass der Pass fehlt, wird herausfinden, dass du an dem Abend mit mir gegangen bist und nachforschen. Er wird auch im Nachbarhaus meine Vermieterin ausfragen. Ich werde das Haus kündigen, eine gewisse Summe, wieviel weiß ich noch nicht, bezahlen und erzählen, ich würde mit einer Freundin nach Venezuela auswandern. Dann sucht Carlos in der falschen Richtung. Da sitzen wir schon in der Maschine nach Madrid."

„Und der Wagen?"

„Den lassen wir in Quito am Flughafen stehen."

Sie sah mich mit großen Augen an. „Entweder bist du verrückt oder sehr reich."

„Verrückt nicht. Ich mag dich. Und mit dem Geld müssen wir uns keine Sorgen machen. Es reicht zum Leben. Aber noch etwas. Das mit dem Anschaffen muss vorbei sein. Du bist dann meine Frau. Kannst du das? Dein Schoß ist hungrig."

„Aber nur bei dir. Glaubst du, das macht mir Spaß mit diesen anderen, ungehobelten Kerlen? Natürlich kann ich das, bin froh, wenn es vorbei ist. Du weißt aber, dass ich nicht lesen oder schreiben kann?"

„Das ist mir völlig egal. Du hast eine bessere Bildung als schreiben und lesen zu können. Aber wenn du möchtest, kannst du es in Spanien nachholen. Wir suchen uns einen Ort, der uns gefällt."

„Lesen und schreiben nachholen? Wo denn?"

„Es gibt Schulen, speziell für Erwachsene."

„Das geht nicht. Ich schäme mich."

Da bin ich nicht weiter darauf eingegangen, habe nicht die Frage gestellt: Wie ist es dazu gekommen?

19

In dieser Nacht lagen wir nur nebeneinander im Bett. Ich dachte an den alten El Sabio, an jenen Greis aus dem Roman von Márquez, und machte es fast genauso. Fast. Gabriela hatte ihren Kopf an meine Schulter gelegt, ich mit meinem linken Arm ihre Brust umfasst. Ich hatte, wie auch zuvor schon, nicht das Gefühl mit einer Frau zusammenzuliegen, deren Beruf die käufliche Liebe war. Ich sprach noch einmal von dem Plan, sie hörte zu, stellte ab und an eine Frage, gab einen Kommentar.

„Das ist gut, dass es Spanien ist. Da kann ich die Sprache verstehen. Ist sie so wie hier?"

„Ja. Bis vielleicht auf ein paar spezielle Ausdrücke, die es nur in Kolumbien gibt. Aber das ist kein Problem. Es ist ein Spanisch, wie du es hier im Radio oder Fernsehen hörst. Unterschiede in der Grammatik gibt es kaum. Das mit der Sprache wird also einfach für dich sein. Euer karibischer Dialekt, das Costeño, ist wie das kastilische Spanisch, das Castellano, nur etwas melodischer."

„Wovon leben wir in Spanien, wenn ich nicht arbeite?"

„Keine Sorge. Ich bekomme eine sehr gute Rente. Wir könnten nebenbei noch vier Kinder ernähren."

Sie lachte. „Wirklich?"

„Ja, auch fünf."

Das mit der Rente stimmte nicht ganz, aber so gut wie. Die konnte ich mir bei meinem Vermögensstand selbst zuteilen. Durch geschickte und teils glückliche Spekulationen hatte sich das Erbe von Tante Lisbeth nicht nur gehalten, sondern sogar vermehrt."

„Wie lange darf ich in Spanien bleiben?" fragte sie.

„Zunächst 90 Tage. Aber das verlängern wir, wenn du willst. Wir könnten zum Beispiel heiraten."

„Das würdest du tun?"

„Aber ja doch! Nimm das als Vorlauf zu einem Antrag."

Sie schmiegte ihren Kopf enger an meine Schulter. „Eres un loco!" – Du bist ein verrückter Kerl.

„Verrückt? Nein. Ich will nicht mehr ohne Frau leben und dich mag ich eben."

„Auch mit meiner Vergangenheit?"

„Meine ist nicht besser."

20

„Also, morgen kaufe ich den Wagen, lasse ihn anmelden. Und nächste Woche am Freitag geht es los. Du musst das Haus, nachdem Carlos gegangen ist, wie immer verlassen. Wir treffen uns an der Strandpromenade. Um acht Uhr. Und erzähle um Himmels Willen niemandem etwas von dem Plan. Auch deiner allerbesten Freundin nicht. Nur du und ich wissen davon. Sonst bin ich tot, ehe wir auch nur einen Kilometer gefahren sind."

„Sí, entendido. No se lo diré a nadie." – Ja, verstanden. Ich werde niemandem davon erzählen.

„Gut. Und Morgen gehst du noch vor dem Frühstück zurück. Ich gebe dir natürlich Geld mit. Sonst macht er Theater und wir haben ein Problem. Bis zu unserem Freitag lebst du wie immer, damit nichts auffällt."

„Und du?" wollte sie wissen. „Holst du dir ein anderes Mädchen?"

„Nein. Mich zwingt ja keiner."

Nachdem sie gegangen war und mich zum Abschied umarmt und geküsst hatte, ging ich zu dem Autohändler und machte den Kauf des ‚Night Eagle, Turbo' perfekt.

175 Millionen Pesos. Schwindelerregend. Aber in der Umrechnung waren es dann ‚nur' 30 000 Euro. Ich hatte mich bei der Farbe des Wagens für Alpine-White entschieden.

„Sie können ihn Morgennachmittag schon abholen", hatte der Verkäufer gesagt. „Dann sind alle Papiere und das Nummernschild klar."

Da ich in der engen Gasse vor meinem Haus nicht parken konnte, hatte ich mich nach einem sicheren und bewachten Abstellplatz umgesehen und das ‚Parqueadero Puerto Doro' gefunden. Das war ganz in der Nähe, wo ich Gabriela immer traf. Das Parkhaus hatte rund um die Uhr geöffnet und schien mir sicher genug. Nächste Woche würde ich den Jeep beladen, mit ein paar Taschen. Futter für unterwegs, Getränke, Cola vor allem, um die über 600 Kilometer lange Nachtfahrt nach Medellín zu überstehen. Einpacken würde ich auch ein paar warme Kleidungsstücke, die noch zu kaufen waren. Denn San Gabriel, unsere erste Station in Ecuador, lag in den Bergen, in einem Ausläufer der Anden, in fast 3000 Metern Höhe. Dort würde es kühl sein. Von Medellín dorthin waren es über 900

Kilometer. Von San Gabriel bis zum Flughafen in Quito blieben dann noch 250. Mit 1750 Kilometern hatten wir also eine anstrengende Fahrt vor uns, die wegen Carlos rasch bewältigt werden musste. Wie weit sein Einfluss, seine Vernetzung reichte, wussten wir beide nicht. Aber in Ecuador wären wir zunächst einmal sicher, zumal er sich zuerst der Suche in Venezuela widmen würde.

Ich verspürte an diesem Donnerstagmorgen schon ein leichtes Kribbeln im Magen, freute mich aber auf das bevorstehende Abenteuer und dachte an meine Lieblingsoper ‚Entführung aus dem Serail'.

Belmonte, ein spanischer Edelmann, befreit seine Verlobte Konstanze, die nach einem Seeräuberüberfall auf einen Sklavenmarkt verschleppt worden und im ‚Mohrenland' gefangen war.

21

Zum Schach mit den Rentnern auf der Plaza San Pedro Claver fehlten mir an diesem Donnerstag Ruhe und Konzentration. So wanderte ich also wieder den Strand entlang den Fischerhütten zu. Es war der fünfte Tag meiner Besuche bei ihm. Beim zwanzigsten Brief hatte ich ihn das erste Mal getroffen. Jetzt würde er bei dem 24. sitzen, irgendein Buch aufgeschlagen haben, um für seine angebetete Florescita ein Gedicht auszusuchen. Aber er saß nicht wie die Tage zuvor an dem kleinen Tisch und schrieb. Die Hüttentür stand jedoch offen. Ich trat hinzu, sah hinein, sah ihn schlafend auf der Liege. Er musste etwas gehört haben, schlug die Augen auf, murmelte „Ach, du!" Es klang so, als habe er von Florescita geträumt und war jetzt enttäuscht, dass ich es war.

„Du hast heute schon deinen Brief geschrieben?" fragte ich.

„Ja. Auch den für Morgen. Der für heute ist im Kuvert und frankiert. Ich müsste nur noch an ihrem Haus vorbei, auf den grünen und hoffentlich nicht roten Punkt gucken. Danach ginge es zur Post."

„Müsste? Du kannst dich nicht entschließen?"

„Nein. Denn wenn ich den Brief für heute abgebe, müsste der für Morgen folgen. Sonst hält sie mich wirklich für verrückt."

Er zeigte auf den Tisch mit der Kaffeebar. „Da liegt der Gedichtband. Wo das Lesezeichen ist, findest du das Gedicht von heute. Heinrich Heine, erste Strophe, von der Qual des Wartens. Das habe ich für sie übersetzt. Nur diese Zeilen stehen in dem Brief."

Ich ging zu dem Kaffeetisch, nahm den Gedichtband, schlug ihn auf, wo das Lesezeichen steckte, überflog die Zeilen der ersten Strophe.

„Lass mich mit glühnden Zangen kneipen, lass grausam schinden mein Gesicht, lass mich mit Ruten peitschen, stäupen - nur warten, warten lass mich nicht!"

„Oh", meinte ich, „keine Geduld mehr? Was ist mit den hundert Tagen?"

„Geht nicht. Du bringst einen ja ganz durcheinander. Ich habe deinen Rat befolgt. In dem Brief für Morgen steht, wo ich schreibe, was ich sehe, wie ich mich fühle. Schicke ich den Brief von heute ab, muss natürlich der von Morgen folgen. Sonst fasst sie sich an den Kopf und fragt sich: ‚Warum leidet er unter dem Warten, verrät aber nicht, wo ich ihn treffen kann?' Das wäre doch absurd. Oder?"

„Allerdings. Es wäre sehr merkwürdig. Damit würdest du sie wahrscheinlich verlieren."

„Wenn du willst, kannst du den Durchschlag lesen. Die Mappe liegt auf dem Regal. Hast du einen Vorschlag zur Verbesserung, so sage ihn mir. Ich bin im Moment etwas hin und hergerissen, habe Angst, einen Fehler zu begehen."

„Ach was", meinte ich. „Bei der Geschichte kannst du gar keinen Fehler machen. Wartest du zu lange, stauen sich auf beiden Seiten Erwartungen auf und schließlich verläuft alles im Sande. Führst du jetzt eine Entscheidung herbei, passiert das, was auch nach hundert Tagen passiert. Du triffst sie oder triffst sie auch nicht."

22

Ich angelte die Mappe, die oben auf den Büchern lag, öffnete sie, entnahm ihr das letzte Blatt, las.

„Verehrte Señora, meinem letzten Brief haben Sie entnehmen können, dass ich unter dem Warten leide. Ich halte es nicht mehr aus, Sie endlich wieder sehen zu dürfen. Meine Gefühle für Sie werden von

Tag zu Tag und mit jedem Brief stärker. Hundert Tage, wie angekündigt, schaffe ich nicht mehr. Ich verbrenne innerlich, so sehr haben Sie mein Herz entzündet und meine Sehnsucht ins Unendliche wachsen lassen. Ich sitze hier in Cartagena am Meer, da wo die Fischerboote und die Holzhütten sind. Vor meiner Hütte steht ein kleiner Tisch mit einer Schreibmaschine. Hier habe ich alle Briefe an Sie geschrieben, an Sie gedacht und erwarte Sie jetzt mit einem pochenden Herzen, das hofft, dass Sie es nicht enttäuschen werden. Ihr Sie liebender Jan L."

„Olala!" sagte ich. „Starker Tobak. Passt im Ton zu den vorigen Briefen. Der Umschwung zu einer trockenen Sachlichkeit wäre falsch gewesen. Hast du Gott sei Dank nicht gemacht, bist bei deinem enthusiastischen, romantischen Stil geblieben. Nun musst du abwarten, ob sie kommt oder zumindest unten am Strand vorbeigeht und heimliche Blicke auf die Hütte wirft. Das wird sie wohl eher so machen, allein aus Neugier, der sie nicht widerstehen kann. Dann musst du zu ihr gehen und sie ansprechen."

„Ich kann den Brief also abschicken, muss nichts ändern?"

„Nein, ändere nichts! Er passt zu dir und dem, was du vorher geschrieben hast. Schicke ihn so ab!"

„Glaubst du, dass sie kommen wird?"

„Das weiß ich nicht. Du kannst mich eher fragen, ob es bei der Entstehung des Universums einen Urknall gegeben hat. Das weiß ich auch nicht."

Er stand auf. „Ich mach' uns einen Kaffee", sagte er. „Danach gehe ich an dem Haus vorbei, sehe nach dem Punkt und werfe den Brief von heute ein. Und Morgen den anderen, den du eben gelesen hast."

Er machte eine Pause, atmete tief durch. „Ja, und dann heißt es warten, warten, warten. Eigentlich war das Schreiben schöner. Aber… du hast wahrscheinlich recht. Je eher ich Bescheid weiß, desto besser. Sonst staut sich zu viel an Erwartung auf."

„Naja", meinte ich, „vielleicht bekomme ich ja noch mit, was passiert. Ende nächster Woche bin ich nicht mehr da, mache eine Tour nach Venezuela. Es soll dort auch sehr schön sein."

„Du bleibst lange weg?"

„Mag sein. Ich hoffe, du bist dann in angenehmer Gesellschaft. Vorher will ich aber noch sehen, ob sie wirklich in den nächsten Tagen kommt. Ich hoffe es. Deine Briefe habe ich übrigens alle fotografiert. Die Gedichtstrophe von Heine und den letzten Brief muss ich noch aufnehmen. Vielleicht gelingt mir ja endlich mal ein abgeschlossenes Manuskript. Denn deine Geschichte ist ziemlich ungewöhnlich. Ich werde sie wohl beginnen, wenn du nichts dagegen hast, mit der Episode, als du deinen IC einfach stehen lässt und über die Felder fliehst. Das wäre doch ein Anfang. Wenn du den Brief, mit dem sie dich finden kann, Morgen einwirfst, wird sie ihn am Montag bekommen. Am Mittwoch, vielleicht auch früher, werde ich dich noch einmal besuchen und fragen, wie die Sache ausgegangen ist. Wir tauschen jetzt unsere Telefonnummern aus. Du sagst mir, wo ich dich an diesem Tag erreichen kann."

23

Am Freitagnachmittag holte ich den Jeep ab, probierte ihn auf der Strecke nach Barranquilla aus, um mich an ihn zu gewöhnen. Er fuhr sich gut, hatte einen kräftigen Motor, 250 PS. Auf einem freien

Abschnitt der Autobahn zwischen Santa Veronica und El Corcho probierte ich die Höchstgeschwindigkeit, kam auf 200 km/h. Ich machte mich auch mit der Elektronik des Cockpits vertraut. Nach Cartagena zurückgekehrt brachte ich ihn in das Parkhaus Parqueadero Puerto Doro. Am nächten Freitagabend, wenn alles gutging, würde er zu seinem eigentlichen Einsatz kommen. Als Fluchtfahrzeug.

Am Wochenende widerstand ich der Versuchung, Gabriela zu treffen, obgleich ich ziemliche Sehnsucht nach ihr hatte und mich ohne sie alleine fühlte. Aber Carlos sollte nicht den geringsten Anhaltspunkt für einen Verdacht bekommen. Es wäre aufgefallen, wenn ich auf einmal jeden Abend Gabriela zu mir holte. Ich musste es noch für eine Woche ertragen, dass sie ihrer normalen Arbeit nachging und versuchte, nicht daran zu denken.

Was mir am Wochenende über Zeit und Langeweile hinweghalf, war die Entdeckung eines neuen Buches. Ich saß wie immer am Samstagvormittag vor dem Café ‚Gato Negro', trank Kaffee mit einem Schuss Rum, rauchte, beobachtete den Auftragsschreiber an der Ecke gegenüber. Es waren hauptsächlich ältere Leute, die keinen Computer hatten und seine Dienste in Anspruch nahmen.

Da sah ich die mobile Bibliothek, die ‚Carreta Literaria' auf das Café zukommen, stand auf, bedeutete Rodrigo, wir kannten uns inzwischen namentlich, zu halten. Was er auch von sich aus gemacht hätte.

„Has traído libros nuevos?" fragte ich ihn. – Hast du neue Bücher dabei?

„Sí, muchos." – Ja, viele.

Ich fuhr mit dem Zeigefinger über die Buchrücken, las die Titel, blieb bei einem Buch hängen. ‚Del amor y otros demonios'. Von der Liebe und anderen Dämonen.

Ich las den Klappentext hinten. Oh ja, das konnte spannend werden. Ein schönes Mädchen wird von einem tollwütigen Hund gebissen, bekommt aber keine Symptome. Trotzdem unterwirft ihr Vater sie den üblichen Heilkünsten des 18. Jahrhunderts unter anderem auch einer Teufelsaustreibung. Doch der Exorzist, ein Pater, verliebt sich in sie. Ihre Leidenschaft wird ihnen zum Verhängnis.

„Muy bonito", sagte ich zu Rodrigo. Sehr schön. „Narración emocionante!" Spannende Geschichte. Ich gab ihm die verlangten 10 000 Pesos. Das Wochenende, zumindest der Samstag, war gerettet.

24

Am Sonntagmittag nach dem traditionellen Kaffee im ‚Gato Nero' läutete ich im Nachbarhaus bei meiner Vermieterin, der Señora Muñoz, einer alleinstehenden älteren Witwe, erklärte ihr, dass ich nach Caracas, Venezuela umziehen würde und erklärte mich auch bereit, die Miete für die nächsten drei Monate zu bezahlen.

„Venezuela. Allí las mujeres también son guapas." sagte sie mit einem Lächeln. Venezuela. Dort sind die Frauen auch schön. Damit spielte sie auf meine amourösen Abenteuer an, die ihr nicht entgangen waren. Ihr liebster Platz war am Fenster, wo sie auch spätabends noch das Leben auf der Gasse beobachtete.

„Ja, ja", bemerkte ich. „Mag sein. Aber ich nehme eine Freundin mit."

Ihrem Blick sah ich an, dass sie neugierig war, aber sie fragte nicht weiter.

Den Nachmittag verbrachte ich auf der Plaza bei den Rentnern, verlor jedoch die meisten Spiele, weil ich unkonzentriert war und mit meinen Gedanken dem Freitag entgegeneilte. Den Flug von Quito nach Madrid, ein Direktflug mit ‚Iberia' am Montagabend, hatte ich schon gebucht. Nach zehn Stunden würden wir gegen Elf am Dienstag auf dem Flughafen Adolfo Suárez in Madrid landen und wären endgültig dem Zugriff von Carlos entzogen.

Mit einem Mietwagen würden wir die spanische Atlantikküste entlangfahren und wahrscheinlich irgendwo in Andalusien, an der Cost del Sol, ein Appartement oder ein Haus mieten. Für Gabriela eine nicht zu große Umstellung, jedenfalls nicht so groß, als käme sie von dem bunten, quirligen Cartagena in das eher graue Deutschland, wo sie die Sprache nicht verstand.

Ich hatte sie gefragt: „Wirst du deine Freundinnen vermissen?"

Sie hatte den Kopf geschüttelt. „Nein, eine richtige Freundin habe ich nicht. Carlos verhindert es."

„Und deine Eltern?"

„Leben in Bogotá. Ich besuche sie nicht, um ihren Fragen auszuweichen. Alleine lässt mich Carlos nicht dahin, mitkommen will er auch nicht."

„Er hält dich, wie man früher die schwarzen Sklaven gehalten hat, die man auf dem Markt von Portobelo versteigert hat."

Sie hatte dazu geschwiegen und ich bin nicht weiter auf das Thema eingegangen.

Der Markt von Portobelo war nicht weit von ihrem Arbeitsplatz entfernt.

25

Am Abend ging ich ins Café del Mar, um ein paar Roncitos zu trinken und mich abzulenken. Ich saß alleine auf der Terrasse an einem der Tische. Abseits, in Nähe der Mauer, über die hinweg man aufs Meer sehen konnte. Ich dachte an Gabriela. „Ich kann nicht lesen und schreiben." – „Ich schäme mich."

Für mich war das kein Problem. Im ersten Gefühl hatte ich gedacht: „Schön, dann braucht sie mich. Ich bin nützlich für sie."

Aber es war eben doch ein Problem. Für sie. Und damit auch für mich. Es gab wieder eine gewisse Abhängigkeit.

Wahrscheinlich litt sie auch darunter, fühlte sich unterlegen, hatte vielleicht Angst vor einem Versagen, musste in manchen Situationen nach Ausreden suchen. Ich erinnerte mich an einen Abend, als ich sie in ein Restaurant eingeladen hatte. Der Kellner brachte zwei Speisekarten. Sie nahm ihre kurz in die Hand, warf einen Blick darauf, legte sie zur Seite, bat mich vorzulesen. „Die Schrift ist zu klein", hatte sie gesagt.

Ich musste behutsam damit umgehen, ihr Mut machen. Volkshochschulen, Institutionen, wo Erwachsene lesen und schreiben lernten, fielen wohl weg. „Ich schäme mich." Aber es gab Online-Angebote, Apps. Vielleicht ging es damit.

Was ist, wenn sie irgendwo eine Unterschrift leisten musste? Bei der Einreise nach Spanien zum Beispiel. Bei einer Anmeldung im Hotel. Ich würde ihr auch ein Konto einrichten in Spanien. Sie würde unterschreiben müssen. Hatte sie einen Führerschein? Durfte man als Analphabetin überhaupt einen machen? Das wusste ich nicht. Das war auf jeden Fall das Erste, was ich ihr beibringen musste. Die Unterschrift. Ich musste dabei mit Feingefühl vorgehen, sie niemals und nirgendwo deswegen bloßstellen lassen. Dass jemand drei Kreuze machte, gab es wohl nur in Filmen.

Ich trank Roncito und dachte darüber nach. Für mich war es selbstverständlich, lesen und schreiben zu können. Ich hatte mir noch nie Gedanken darüber gemacht, wenn es jemand nicht kann, in welche peinlichen Situationen so jemand kommen konnte. Ich war allzu salopp und burschikos über das Thema hinweg gegangen. Was ich jetzt bei diesem Nachdenken spürte, schien mir absurd. Ich fühlte eine beginnende Vertrautheit mit ihr, so etwas wie eine geschwisterliche Zärtlichkeit. Lag das an dem zweiten Roncito, den ich getrunken hatte? Vielleicht war ich auch beeinflusst von den Liebesgedichten, die ich bei Jan Lamberti gelesen hatte. Infiziert wie von einem Virus.

Die Vertrautheit wird größer werden, dachte ich. Wenn wir immer zusammensind, miteinander leben. Ob daraus auch eine richtige Liebe entstehen kann? War ich auf dem Weg dazu? Im ersten Moment hatte ich unsere Flucht als ein interessantes Abenteuer gesehen. Aber war es nicht viel, viel mehr? Von Begriffen wie Verantwortung hatte ich bisher nicht viel gehalten, war ihr ausgewichen, hatte mich stets nur um mich selbst gekümmert. Würde das mit Gabriela anders werden?

Nach dem dritten Roncito verließ ich das Café. Da ich nicht einschlafen konnte, sah ich mir zu Hause auf meinem Notebook noch einen Film bei Netflix an, wählte einen französischen Film von Francois Truffaut, ließ mich von dem Titel verleiten. ‚Liebe auf der Flucht'. Aber mit Gabriela und mir hatte es nichts zu tun. Es war nur ein französisches Geplänkel, eine halbe Komödie.

26

In dieser Nacht schlief ich schlecht, konnte mich der Vorstellung nicht erwehren, dass Gabriela in den Armen eines anderen Mannes lag, und meine Phantasie ging sogar so weit, dass ich befürchtete, jemand könnte mir noch zuvorkommen, sie aus den Fängen ihres Zuhälters befreien und in ein anderes Land entführen. Schön und attraktiv war sie ja. Solche Geschichten waren nicht selten. Der Freier, der sich verliebte und sein verehrtes Mädchen in ein anderes Leben lenken wollte. Frauen konnten einen nicht nur verletzen, sondern auch schwer beunruhigen. Wie sehr, dafür war Jan Lamberti ein Beispiel. Einen Tag, nachdem er seine Frau mit einem anderen erwischt hatte, hatte er einfach seinen IC auf den Gleisen stehen lassen, war über die Felder gelaufen, hatte sich in einer Kneipe ins Koma getrunken und war in der Psychiatrie gelandet. Ein besonders schwerer Fall. Danach hatte er sich nicht mehr getraut, die von ihm geschätzte Dame anzusprechen oder sich wenigstens mit nur einer Botschaft zu melden und sie einzuladen. Statt dessen hatte er sich für eine ferne, körperlose Verehrung entschieden, wahrscheinlich aus lauter Angst und immer noch traumatisiert und war dabei, hundert romantische, überspannte Briefe zu schreiben, mit denen er kaum zum Ziel kommen würde. Am Montag, dem ersten Tag, wo sie theoretisch erscheinen könnte, würde er voller Unruhe vor der Hütte sitzen, warten, die Umgebung beobachten, aufspringen, wenn sich aus der Ferne eine Frau näherte. Ein elender Zustand! Ich beschloss, ihn schon am Montagnachmittag zu besuchen, eine Flasche Rum mitzubringen, um den Kaffee zu verfeinern. Und ich merkte, ich brauchte das auch und war unzufrieden mit mir, dass ich mich so gehen ließ. Aber ich hatte mich für Gabriela entschieden und würde bis zum Freitagabend an meiner Ungewissheit leiden. Zumal mir noch lange nicht klar war, welche Macht Carlos wirklich auf sie ausübte.

Gleichwohl aber machte ich mich am Montagmorgen unausgeschlafen auf den Weg, besuchte ein großes, dreistöckiges Kaufhaus im Kolonialstil und kaufte ein. Zwei lange Kleider für Gabriela, in ihrer Größe, ein bordeauxrotes aus Seide mit einem Hauch von Gold und einem verdeckten Reißverschluss hinten, ein sonnengelbes, ärmelloses aus Baumwolle mit Rundhalsausschnitt und Seitenschlitzen. Weiter zwei weiße Blusen, ein Dreierpack schwarze Leggins, eine langärmelige Vintagejacke mit Reißverschluss und einer Kordel für die flauschige Kapuze, weiße Sneakers, falls sie mit ihren offenen Karibiksandaletten kommen würde. Ich fand auch zwei Pullover, die einzigen, die da waren. Die Karibik war heiß, zwar noch nicht die Gluthitze vom

August, aber man schwitzte und musste zweimal am Tag duschen. Etwas verschämt würde ich auch mit Damenunterwäsche zur Kasse gehen. In einer anderen Etage fand ich eine blaue Trolleytasche mit Rollen. Darin konnte ich den Einkauf verstauen und mitnehmen und Gabriela hatte eine Tasche für die Reise. Was jetzt noch fehlte, würden wir in Spanien kaufen. So gerüstet machte ich mich auf den Heimweg, packte dort auch meinen Koffer, holte den Wagen aus dem Parkhaus, hielt kurz vor meinem Haus, belud ihn und brachte ihn wieder ins Parqueadero zurück. Danach machte ich mich gegen Mittag mit einer Flasche Rum auf den Weg zum Strand.

27

Es war, wie ich vermutet hatte. Jan Lamberti saß an dem kleinen Tisch vor der Hütte. Dieses Mal war kein Blatt in die Maschine gespannt. Er saß einfach nur da und wartete. Ab und zu drehte er den Kopf, sah in die Richtung, aus der sie kommen würde. Als ich bei ihm war, meinte er: „Du wolltest doch erst am Donnerstag kommen."

„Auch Männer sind neugierig", antwortete ich. „Theoretisch könnte sie ja heute schon kommen. Hier", ich streckte ihm die Flasche entgegen, „ich habe Rum mitgebracht. Den können wir uns in den Kaffee tun. Das verkürzt die Wartezeit."

Er musterte mich, bemerkte: „Du siehst unausgeschlafen aus. Zu viele Roncitos gestern Abend?"

„Nein. Ich habe den Koffer für Venezuela gepackt."

„Die ganze Nacht? So etwas erledigt man doch in einer Viertelstunde."

„Dann ist es eben das Reisefieber oder der Vollmond. Da wälze ich mich immer im Bett hin und her."

Er ging in die Hütte, kam nach einer Weile mit zwei randvollen Tassen Kaffee zurück.

„Auch einen Schuss Rum?" fragte ich.

„Eigentlich trinke ich keinen Alkohol. Aber dieses Mal ja. Ich bin ziemlich nervös. Es reißt mich hin und her. Kommt sie oder kommt sie nicht?"

„Schlürf etwas von dem Kaffee ab!" forderte ich ihn auf. „Dann kann ich mehr reintun. Ich werde das auch so machen."

Er holte einen zweiten Stuhl. Ich setzte mich. Eine Weile schwiegen wir, tranken den Kaffee mit Schuss, bis ich sagte:

„Ja, ja, Frauen können einen schwer aus der Schiene bringen. Da spricht man von einer patriarchalischen Welt, aber in Wirklichkeit stimmt das nicht."

Er nickte. „Da hast du leider recht. Morgen und Übermorgen halte ich das noch durch. Dann nicht mehr."

„Was willst du denn machen?"

„Keine Ahnung. Ich weiß es wirklich nicht. Wärst du nicht gewesen, würde ich jetzt hier noch mit seligen Illusionen sitzen und einen Brief schreiben. Aber nein, ich musste mich ja überreden lassen."

Einmal drehte er den Kopf zum Wasser hin, dort, wo die Wellen an den Strand schlugen. Das war in etwa hundert Metern Entfernung. Eine Frau ging dort gerade vorbei, hielt die Schuhe in der rechten Hand, platschte ab und zu durch das Wasser, hüpfte zurück auf den Sand, wenn sich eine höhere Welle ankündigte.

Lamberti sprang auf, näherte sich ihr raschen Schrittes, drehte sich aber, da war er etwa zwanzig Meter von ihr entfernt, wieder um und kam zurück.

„Sie ist es nicht", sagte er enttäuscht.

Mit Einbruch der Dämmerung hatten wir nach drei weiteren Tassen die Flasche mit dem Rum geleert. „Das wars für heute", meinte er. „Der Montag ist erledigt. Morgen ein neues Spiel. Du kannst gerne mit so einer Flasche wiederkommen."

28

Die Tage bis zum Freitag brachte ich in einem unruhigen Zustand hinter mir, als sei ich von Lambertis depressiver Zappelei infiziert. Ich las und las doch nicht, huschte über die Seiten und vergaß, was ich gelesen hatte, sah mir irgendeinen Film an und hatte ihn am nächsten Tag vergessen. Mit Lamberti hatte ich am Dienstag- und Mittwochabend telefoniert. Seine Stimme klang kläglich. Da wusste ich, sie war nicht gekommen. Ebenso war es am Donnerstagabend. Ich war nicht mehr hingegangen, hatte mir den Roncito zu Hause bereitet. Auch im Café ‚Gato Negro' hatte ich mich nicht blicken lassen, wusste nun, was es heißt, wenn man im Zimmer hin- und herwandert, einem die

Decke auf den Kopf fällt, aber außerhalb des Hauses auch nichts zu tun weiß.

Dann, endlich kam der Freitagabend. Gegen Sieben schon wanderte ich auf der Strandpromenade hin und her, sah immer wieder in die Richtung, aus der sie kommen würde. Es war zehn vor Acht, fünf vor Acht, zehn nach Acht. Mein Mut sank mehr und mehr in den Keller. Ab acht Uhr mit Fahrstuhlgeschwindigkeit.

Und dann, dann endlich sah ich sie auf mich zukommen. Sie war so wie immer. Schwarzer, enger Lederrock, rotes, enges Top, mit Muscheln besetzte, knallbunte Karibiksandaletten. Sie hatte nur ihre Handtasche dabei.

Sie begrüßte mich mit einem Lächeln, hauchte mir einen Kuss auf die Wange, sagte: „Entschuldigung. Er ist heute später aus dem Haus gegangen."

„Du hast den Pass?"

„Ja."

„Und dein Handy. Du hast es zurückgelassen?"

„Nein, aber ich habe den Chip rausgenommen. Dann muss ich mir in Spanien nur einen neuen besorgen und kein neues Handy. Ich habe ihn unterwegs in eine Mülltonne geworfen. Jetzt kann er uns nicht mehr orten."

„Gut", meinte ich. „Gott sei Dank bist du da. Ich war schon unruhig."

Auf einmal, mit einem Schlag, war die ganze Nervosität und Anspannung verschwunden, war einem Aufatmen und einer Erleichterung gewichen, wie der bekannte Stein, der einem vom Herzen fällt. Ich lächelte, sagte: „Komm, der Wagen ist nicht weit von hier in einem Parkhaus. Aber warte in einiger Entfernung, damit der Mann an der Kasse dich nicht sieht. Carlos sitzt jetzt über den Karten?"

„Ja. Er ist mit einem Taxi nach Getsemani gefahren. Dort treffen sie sich immer."

Wir waren in Nähe des ‚Parquero'. Gabriela drückte sich in einen Hauseingang an einer Straßenecke. Ich zahlte die Gebühr an der Kasse, ging zum Wagen, stieg ein, fuhr los, verließ das Parkhaus, stoppte am Hauseingang, wo sie stand. Ich öffnete von innen die Beifahrertür, sie eilte hinzu, schwang sich auf den Sitz, zog die Tür zu, schnallte sich an. Ich gab Gas, lachte, schlug vor Freude mit der Hand auf das Lenkrad, sagte: „Auf geht's!"

29

Das eingebaute Navigationsgerät hatte ich schon programmiert. Nach ein paar Minuten waren wir aus der Stadt raus und auf der Autobahn, der Route 25, der Troncal de Caribe. Es herrschte noch dichter Verkehr um diese Zeit. Über 90 kam ich nicht hinaus. Die Entführung aus dem Serail war gelungen. Gabriela war nicht mehr gefangen im ‚Mohrenland'.

„Du lächelst immerzu", sagte sie und legte ihre Hand auf mein Knie.

„Ich freue mich, dass du jetzt neben mir sitzt. Acht Tage warten auf diesen Moment war etwas anstrengend. Ich bin Deutscher", meinte ich halb scherzhaft, „rechne immer damit, dass etwas schiefgeht. Mir fehlt noch die karibische Leichtigkeit."

„Fast wäre es auch schiefgegangen. Carlos war nicht besonders gut drauf, hatte überlegt, ob er zum Pokern gehen sollte. Aber dann hat einer der Freunde angerufen. ‚Wo bleibst du? Wir warten.'

Da hat er sich ein Taxi bestellt. Aber ich wäre natürlich gekommen, hätte dir Bescheid gesagt."

„Nun ja, Schnee von gestern. Jetzt kann er nichts mehr verhindern."

Nach neun Stunden hatten wir jene Stelle erreicht, wo Karibik und Pazifik durch die Mittelamerikanische Landzunge getrennt waren. Medellín war nicht mehr weit. Ich war durchgefahren, hatte an keiner Raststätte gehalten. Es gab nur kurze Stopps an den Mautstellen. Um sechs Uhr waren wir in Medellín. Das Navi führte uns sicher zu dem Hotel, das ich gebucht hatte, das ‚Creativo Indie Universe'. Man konnte es wegen seiner blauen, roten und gelben Kacheln an der Fassade schon von Weitem sehen.

„Wenn du was unterschreiben musst", sagte ich. „Ich zeige es dir gleich. Unterschriften sind sowieso nur ein paar Mal rauf und runter."

„Brauchst du nicht. Carlos hat mir das schon gezeigt."

An der Rezeption war keine Unterschrift von ihr nötig. Nur ich musste die Anmeldung unterschreiben und meinen Pass zeigen.

Auf dem Zimmer fragte sie: „Macht es dir wirklich nichts aus, dass ich nicht lesen und schreiben kann?"

„Nein, wirklich nicht. Es macht mir nur etwas aus, wenn es dir etwas ausmacht. Wir werden gut damit klarkommen und Wege finden. Irgendwann kannst du mir auch erzählen, wie es dazu gekommen ist. Ich will ja einiges aus deinem Leben wissen. Jetzt gucken wir aber erst einmal, was die Minibar zu bieten hat."

Ich öffnete die Tür des kleinen Kühlschranks. „Schön! Da sind zwei kleine Flaschen Sekt. Worauf trinken wir?"

Sie umarmte mich, gab mir einen Kuss. „Idiot! Worauf schon!? Auf uns!"

Eine Viertelstunde später lagen wir angekleidet auf dem Bett und waren vor Müdigkeit sofort eingeschlafen.

30

Gegen Mittag wurden wir wach, gingen in den Frühstücksraum, wo es statt Buffet allerdings nur noch Kaffee gab. Mir war das recht. Die Zeit war knapp und die vor uns liegende Strecke lang. Bis San Gabriel in Ecuador waren es etwas mehr als 1000

Kilometer, und dann kam noch die Fahrt nach Quito mit 250 Kilometern.

Gabriela hatte sich umgezogen, trug das rote Seidenkleid mit einer schwarzen Leggins darunter und die terracottafarbene Vintagejacke. An den Füßen steckten die weißen Sneakers. Sie sah hinreißend aus und fast wäre mir der Kommentar entschlüpft: „So eine schöne Frau hatte ich noch nie." Es hätte wahrscheinlich die Frage provoziert: „Wieviele hattest du denn vorher?"

Auf der Panamericana geht es den Pazifik entlang Richtung Ecuador. Die Fahrt ist ermüdend. Autobahn, Autobahn, Autobahn. Zweimal nur Halt an einer Raststätte, um sich mit Kaffee wach zu halten. Gabriela reicht mir ab und zu die Colaflasche. Kurze Stops auch an den Mautstationen und einmal an einer Tankstelle. Ich will Gabriela nicht fragen, ob sie einen Führerschein hat und mich ablösen kann.

„Was willst du mit dem Auto in Ecuador machen?" fragt sie.

„Eine heikle Frage. Ich habe mir schon in Cartagena den Kopf darüber zerbrochen und keine Lösung gefunden. Zum Verkauf ist die Zeit zu knapp. Wir lassen ihn am Flughafen stehen", antworte ich.

„So ein schönes, teures Auto!" Sie schüttelt missbilligend den Kopf. „Du bist entweder verrückt oder sehr reich."

„Oder beides. Mir fällt nichts anderes ein. Das gibt natürlich später Ärger. Die Welt ist digital und gläsern geworden. Irgendwann kommt ein Schreiben nach Spanien."

„Ich mache dir einen anderen Vorschlag. Ich habe einen Bruder in Bogotá…"

Ehe sie weiterreden kann, wehre ich ab. „Nein, nein, wir müssen absolut sicher sein, dass niemand erfährt, wohin wir geflogen sind. Wir brauchen absolute Sicherheit und Ruhe in Spanien. Da darf kein Carlos auftauchen."

Sie lässt nicht locker. „Er ist absolut zuverlässig, weiß, was ich in Cartagena gemacht habe. Einmal hat er mich besucht und auch Carlos kennengelernt. Er hasst ihn."

„Okay. Das ist ein Argument."

„Wir können ihm etwas Geld, den Schlüssel und die Papiere schicken. Er holt den Wagen am Flughafen ab."

„Und deine Eltern? Die wundern sich, woher er solch ein Auto hat. Wissen deine Eltern über Cartagena Bescheid?"

„Nein. Mein Bruder würde ihnen nichts davon erzählen. Außerdem hat er keinen Kontakt mehr zu ihnen. Glaube mir, er ist absolut vertrauenswürdig."

„Aber wir schicken ihm nicht Papiere und Schlüssel. Das machen wir anders", sage ich.

„Und wie?"

„Wir schicken ihm ein Ticket nach Spanien. Dann lerne ich wenigstens einen Teil deiner Familie kennen. Zurück fliegt er nach Quito, nimmt das Auto."

„Das ist schön!" sagt sie.

„Ja. Und der Wagen ist mein Brautgeschenk für deine Familie. Wenigstens für ein Mitglied."

31

Der Aufenthalt mitten in der Nacht an der Grenze dauerte länger. Die Zöllner durchwühlten mit Genuss unser Gepäck. Vor der Grenze zu Ecuador hatte ich Gabriela gefragt: „Hast du irgendetwas dabei? Hasch, Kokain?"

„Spinnst du? Wie kommst du darauf?"

„Naja, da, wo ich dich treffe, riecht es manchmal süßlich."

„Das ist nicht von mir. Ein paar von den Mädchen rauchen das. Ich nicht."

„Gut. Ich möchte nämlich mit dir schlafen. Und dir nicht durch ein Gitter nur die Hand reichen."

„Estúpido!" – Blödmann!

Um vier Uhr in der Nacht waren wir in San Gabriel. Von der heißen Karibik mit weit über dreißig Grad war die Temperatur jetzt auf 15 Grad gesunken. So würde es auch in Quito sein, das in einem Andenbecken auf 2800 Metern Höhe lag.

Im ‚Patio Andaluz', einem Hotel im spanischen Kolonialstil hatte ich ein Zimmer gebucht. Und wieder plünderten wir zuerst die Minibar. Und wieder sanken wir kurz danach angezogen auf das Bett und schliefen nebeneinander ein. Gut, dass es für Morgen nur noch 250 Kilometer bis zum Flughafen in Quito waren. Zum Frühstück kamen wir erneut zu spät. Das Buffet war abgeräumt, aber ein freundlicher Kellner versorgte uns mit Brötchen, Butter, Marmelade, Käse und Wurst.

„Es macht richtig Spaß mit dir zu reisen", sagte ich zu Gabriela. „Nur die Strecken könnten etwas kürzer sein.

Es machte wirklich Spaß, sie neben mir zu haben. Es war ein wunderbares Gefühl, wenn sie mir ab und zu mit der Hand über das Knie oder den schon blanken Schädel strich. Einmal hatte ich sie gefragt: „Bin ich nicht zu alt für dich. 16 Jahre Unterschied!"

„Tonterías! No pienses así!" – Quatsch! Denk doch sowas nicht!

Gegen fünf waren wir im Flughafen, stellten den Wagen im Parkhaus ab.

Was den Flug betraf, hatte ich noch eine Überraschung für Gabriela. Ich fliege nämlich immer erster Klasse. Und sie natürlich mit mir.

Beim Check-In gab es keine Probleme, auch nicht bei Pass- und Sicherheitskontrolle.

„Dein erster Flug?" fragte ich und fügte sofort hinzu: „Ach ja, Buenos Aires."

„Und Montevideo", ergänzte sie. „Mein dritter also. Und der schönste."

32

„Du musst wirklich zu viel Geld haben", bemerkte Gabriela, als sie sich in der ersten Klasse in den Sessel fallen ließ.

„Nein, nein!" widersprach ich. „Ich habe nur etwas Besonderes vor. Einmal im Leben darf man sich so etwas leisten."

Ich dachte an Sokrates, der immer dann, wenn er nicht die Wahrheit sagte, die Hand wie einen Schirm über die Augen legte, so als sei er vom Sonnenlicht geblendet. Ich war seit meinem dreißigsten Lebensjahr, seit dem unverhofften Erbe, immer erster Klasse geflogen, wollte es bequem haben.

„Etwas Besonderes? Was denn?"

„Das kann ich nur in oben in der Höhe sagen."

„Geheimnisvoller Mann. Du machst mich neugierig."

Die Maschine rollte zur Startbahn, blieb noch eine Weile stehen, wartete auf die Erlaubnis des Towers.

Dann heulten die Turbinen auf. Der Airbus beschleunigte, wurde immer schneller, hob kraftvoll ab, ging in den Steigflug, drehte bald eine Schleife über Quito. Ich hatte mich im Sitz zurückgelehnt, die Hände gefaltet, sah durch das Fenster auf die schneebedeckten Gipfel der Anden. „Könnte Jan Lamberti doch ein ähnliches Erlebnis haben!" dachte ich. „Was gibt es Schöneres, als mit einer Frau, die man mag, sehr mag, zusammen zu fliegen!?"

Ich betrachtete Gabriela verstohlen von der Seite. Ja, sie war schön, aber nicht perfekt schön. Sonst wäre sie langweilig gewesen wie manche Models oder Hollywoodstars, an deren Glattheit der Blick nicht hängenbleiben konnte, sondern gelangweilt abglitt wie an etwas perfekt Geklontem. Eine Frau, damit man sich in sie verlieben kann, muss Fehler haben. Die von Gabriela kannte ich. Sie hatte sie mir selbst offenbart und ich will sie hier nicht wiederholen. Sie gehen nur mich etwas an. Es sind Kleinigkeiten, liebenswerte. Auch ihre Vergangenheit stört mich nicht. Sicher, sie mag unrühmlich sein. Na und!? Irgendetwas musste mich an ihr fasziniert haben. An der Liebesdienerin, der Liebesgöttin, die die Strandpromenade von Cartagena entlang gewandelt war. Was genau es war, das mich so faszinierte, wusste ich nicht, wollte es auch nicht wissen, bis in den letzten Winkel ausleuchten, scheute mich vor einer Ultraschallaufnahme. Es reichte mir, um bei diesem Bild zu bleiben, wenn ich mit Gabriela schwanger war. Ja, sie erregte auch meine Lust. Nicht nur die. Manchmal wich die Lust einer Welle zärtlicher Gefühle, die einen geschwisterlichen Akzent hatten. Ich mochte an ihr auch das Träumerische, Gedankenverlorene, das sich bei ihr, gewiss unbewusst, manchmal einstellte. Die Poesie der Liebe lag auch im Stillen, Verborgenen. Deshalb musste Lamberti mit seinem Vorhaben scheitern. Er hatte Hammerschläge verteilt.

Der Airbus, was man auf dem Display verfolgen konnte, hatte die ihm vorgeschriebene Flughöhe erreicht. Das Anschnallzeichen erlosch. Die Stewardess kam mit dem Wägelchen, das sie vor sich her durch den Gang schob. Ich bestellte zwei kleine Flaschen Sekt und zwei Gläser. „Gläser!" sagte ich. „Kein Plastik."

Ich schraubte die Flaschen auf, füllte die Gläser, reichte eins Gabriela, räusperte mich, war auf einmal etwas verlegen.

„Also", begann ich, „was ich sagen wollte, was ich Besonderes vorhabe, also, dazu scheint mir die Höhe jetzt besonders geeignet. 12 000 Meter, das ist hoch, also, ach, Quatsch. Was ich wirklich sagen wollte…"

Sie sah mich erstaunt mit großen Augen und etwas Stirnrunzeln an. „Dann sag es doch!"

„Ja, also… ich würde dich gerne heiraten. Das ist ein Antrag über den Wolken."

„Wegen der Aufenthaltserlaubis?"

„Nicht nur wegen der Aufenthaltserlaubnis in Spanien. Auch wegen der hier." Ich lächelte etwas verlegen und legte die Hand aufs Herz.

„Ja!", sagte sie. „Ja!"

Zuvor erschienen: ‚Cartagena oder eine völlig verrückte Geschichte', Erzählung, 84 S., ISBN: 9783739218106

Enttäuscht und gelangweilt von seiner Ehe fliegt der emeritierte Literaturprofessor Leonhard Wallberg nach Cartagena, Kolumbien, um nach seiner ehemaligen Studentin Myriam zu suchen. Er hat nichts. Keine Adresse, keine Telefonnummer, keine Email. Er sucht vergeblich, bis nach einem Traum und dem Besuch bei einem Schamanen die Geschichte am Rio Magdalena eine überraschende Wendung nimmt.

www.ruediger-schneider.net